仔竜は雨月の肩に着地するなり彼にゴンゴンと額をぶつけて、撫でろと催促した。

「ああ、よくやった。……痛いからやめろ」

　ぐりぐりと九助の頭を撫でつつぼやく雨月に、ノイシュがくすくすと笑みを零した。

（本文より）

竜と茨の王子

櫛野ゆい
イラスト／二駒レイム

この物語はフィクションであり、実際の人物・団体・事件等とは、一切関係ありません。

CONTENTS

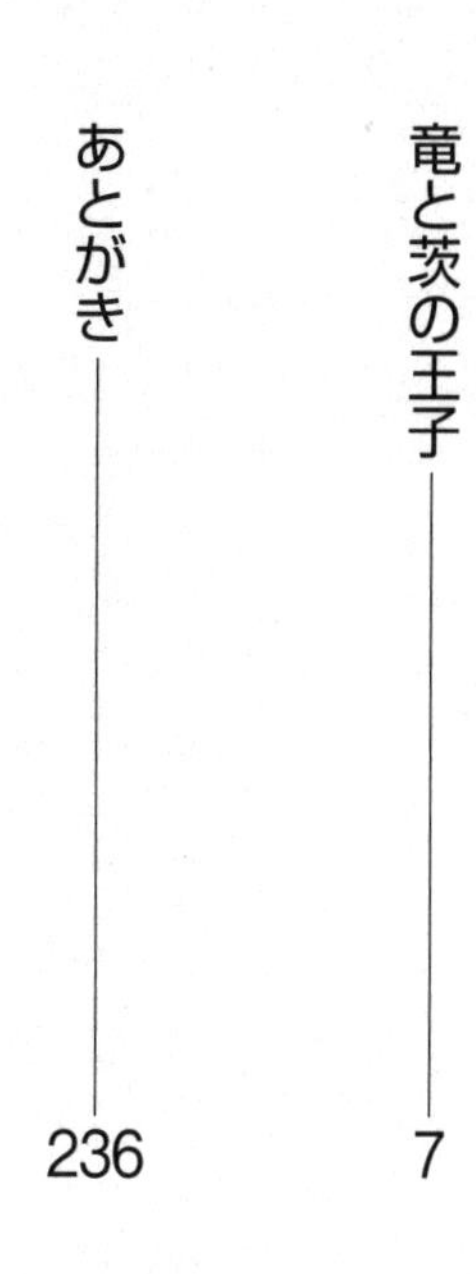

竜と茨の王子

うっすらと白み始めた空に居座っている満月を見上げて、ノイシュはその翠（みどり）の瞳をきつく眇（すが）めた。

白皙の頬は血の気を失っており、額には脂汗が浮かんでいる。薄暗闇でも目立つ金色の髪を少しでも隠すため、ノイシュは土埃（つちぼこり）に汚れたマントを深く被（かぶ）って懸命に前へと足を進めようとした。

「……っ、く……！」

だが、少し身動きしただけで衣に触れている肌という肌が針で刺されたように痛み、視界がぐらぐらと揺れる。今のノイシュにとって、小さな葉擦れの音はけたたましい騒音であり、かすかな土と獣の匂いは強すぎて吐き気をもよおすほどの悪臭だった。

けれど、過敏になった五感は、追っ手が確実に近づいていることを感じ取っている。

『……いたか？』

『いや、見当たらない……。もう少し先まで行ってみよう』

鬱蒼（うっそう）と生い茂る木々の間に意識を集中させると、様々な音に混じって追っ手の兵たちが密かに交わす声が聞こえてくる。険しい表情で辺りを見回す彼らとの距離は、ここから徒歩十分ほどだろうか。先ほど確認した時よりも、随分（ずいぶん）と間隔が狭まっている。

（っ、急がなくては……）

少しでも遠くに逃げなければと、ノイシュは見えすぎる視界、聞こえすぎる音から無理矢理意識を逸（そ）らそうとした。だが、ただでさえ五感が過敏になる満月の夜に、獣を避けるため、追っ手から逃げるために幾度となく感覚を研ぎ澄ましていたせいで、強い目眩（めまい）に襲われる。

枝葉に遮られていてなお、目を焼くほど明るい月光。絹の装束が肌を刺す激痛と、夜露に濡れた花の咽（む）せ返るような強烈な匂い。

葉の裏で休む蝶のわずかな羽音まで鮮明に拾い上げる耳は、この森中の動植物が立てるすべての音を、絶え間なく大音量で感じ取っていて。

「……っ、う……！」

あまりにも大量に流れ込んでくる五感に耐えかねて、ノイシュはその場にガクッと膝をついた。そのまま倒れ伏してしまいたいのを懸命に堪（こら）えて、必死に耳を手で塞ぎ、固く目を瞑（つむ）って、今にも暴走しそうな感覚をどうにか制御すべく、荒い呼吸を整えようとする。

けれど、一晩中逃げ続けていた足はもう棒のようで、ズキズキと疼（うず）く腱は過敏になった痛覚もあいまって叫んでしまいたいほど苛烈（かれつ）な痛みを覚えている。走って逃げるどころか、もう立ち上がることすらままならない。

だが、ここで見つかるわけにはいかない。見つかれば最後、自分は殺されてしまう――。

（落ち着け……！　夜明けは近いんだ。この場さえ切り抜ければ、きっと逃げきれる……！）

苦痛を堪えながら己に言い聞かせ、ノイシュは薄く目を開けて慎重に辺りを見回した。

ここに蹲（うずくま）ったままでは、いずれ追っ手に見つかってしまう。走れない以上、せめてどこかに身を隠さなければならない。

「ぐ……っ、うぅう……！」

重い足を引きずるようにして、ノイシュは懸命に行く手に見える大木へと歩み寄った。

裏側へ回ると、少し狭そうだがなんとかノイシュが入れそうな洞（うろ）がある。暗く狭いそこへ迷うことなく身をねじ込んだノイシュは、長剣を引き抜いて胸元に抱き、きつく目を閉じた。

（頼む……！）

荒い息を懸命に整えて、縋（すが）るように祈る。

夜明けはもうすぐそこまで迫っているのだ。ここさえ、今さえやり過ごせれば、逃げきれる。

だからどうかと祈りつつ、ノイシュは聴覚を研ぎ澄ませて獣道を進んでくる兵たちの様子を探る。

まだ少し距離はあるものの、足音は確実にこちらに向かってきていた。

「……なあ、さすがにこの辺りにはいないんじゃないか？」

疲れたような声音で、一人が仲間たちに問う。

「確かセンチネルって、ガイドがいなけりゃ満月の夜はろくに動けないはずだろ？　こんなに遠くまで逃げてるとは思えないんだけど」

「だが、この森に逃げ込んだのは確かだ。取り逃がしたら、我々が罰せられるんだぞ」

「それはそうだけど……、……ん？」

ぼやいていた男が、なにかに気づいたように足をとめる。周囲の仲間たちが、それに合わせて進みをとめた。

「なんだ？　どうした？」

「これ、足跡だよな。それも新しい……」

どうやら先ほど膝をついた際に跡が残ってしまっていたらしい。

息を殺して身をすくめるノイシュをよそに、男たちは声をひそめて頷き合う。

「……近いぞ」

「よく探せ……！」

一気に殺気立った男たちが、剣を抜いてこちらへ迫ってくる。

くっと顔を歪めたノイシュは、覚悟を決め、胸元に抱えていた長剣を握り直した。

まだ夜も明けきらず、体力も底をつきかけている今、複数の兵を相手にどこまで戦えるかは分からない。だが、このままむざむざ捕まるつもりは毛頭ない――……！

「おい、あのデカい木……」

「……っ」

兵の一人が、ノイシュの隠れている大木に気づき、仲間たちに声をかける。

息を呑んだノイシュは、気配を殺して近づいてくる兵たちの立てる音にじっと耳を澄ませた。

たとえ視界には映らずとも、ノイシュには音だけで彼らの一挙手一投足が手に取るように分かる。

（右から二人……、左から、……三人）

回り込んでくる兵の動きを冷静に見極めつつ、ノイシュは静かにその時を待った。

　ガサガサと落ち葉を踏みしめて近寄ってくる音に合わせて、大きく息を吸い込み、洞(うろ)から一気に飛び出る。

「っ、やあぁ……！」

「ぐ……！」

「いたぞ！　囲め！」

　最初の一人に切りかかったノイシュを、兵たちがすかさず取り囲む。

　幾度かの打ち合いの末、振り下ろされた刃を渾身の力で押し返したノイシュは、後ろに跳びすさって彼らから距離をとろうとした。しかし、その背は先ほどまで自身が隠れていた大木に当たってしまう。

「……っ、く……！」

「もらった……！」

　カッと目を見開いた兵が剣を振りかざす。

　月光に照らされた刀身がギラリと光った、――次の瞬間だった。

　ゴォオオッと上空から強風が吹きつけてきて、周囲の木々がミシミシと音を立てて左右にしなる。

「……っ！」

　すさまじい風圧によろめきかけたノイシュは、思わず剣を持っていた手を挙げて風を遮りつつ、その爆風の中心を見上げて――、目を瞠(みは)った。

「な……!?」

　白み始めた暁(あかつき)の空、明けの明星(みょうじょう)と満月を背に、巨大な黒い影が浮かんでいたのだ。

　ギラリと光る黄金の瞳と、黒く鋭い鉤爪(かぎづめ)。真っ白な牙が覗(のぞ)く口は、人間一人くらい簡単に呑み込めそうなほど大きい。

　ゴツゴツと岩のように隆起した頭部から続く首は長く、漆黒の鱗(うろこ)に覆われている。鱗はその全身に及んでおり、空に浮かぶ巨軀(きょく)の向こうで長い尾が揺れているのが見えた。

　背から生えたコウモリのような巨大な両翼が力強

く上下する度（たび）、辺りに強風が吹き荒れ、無数の葉が飛び交う。

深い森の奥、突如として現れたその影は、巨大な黒い、——竜だった。

「りゅ……、竜!?」

「あれはまさか……、『アーデンの暴れ竜』!?」

「馬鹿を言うな! あの竜は五年前に倒されたはずだろう!」

ノイシュを取り囲んでいた兵たちが、突然の竜の襲来にうろたえ出す。

茫然（ぼうぜん）と竜を見上げていたノイシュは、慌てふためく兵たちの声にハッと我に返った。逃げるなら、今しかない。

「……っ!」

「あ……! お、追え!」

駆け出したノイシュに気づいた兵たちが、竜を警戒しつつも追いかけてくる。

マントの端を掴まれ、ガッと後ろに引っ張られたノイシュは、なけなしの体力を振り絞って必死に抵抗した。

「離せ……! 離……っ、う……!」

だが、屈強な兵たちにあっという間に取り囲まれ、地面に引きずり倒される。

強い力で頭や肩、腕を押さえ込まれたノイシュは、走った激痛に絶叫した。

「っ、ああああああ……!」

過敏になった痛覚が、暴力を何倍にも煮つめ、膨れ上がらせる。掴まれた箇所すべてを鋭利な刃物で同時に突き刺されたような狂痛に、ノイシュが耐えきれず意識を飛ばしかけた、その時だった。

グォオオオオッと、低く太い、割れんばかりの咆哮（ほうこう）がその場に轟（とどろ）き渡る。

それは明らかに人ならざる獣の、——竜の、怒号だった。

「ひ……っ、うわぁあああっ!」

悲鳴と共に、ノイシュの背にのし掛かっていた重みが一つ、消え去る。

「助け……っ、ひぃい……！」

「あ……、あ……！」

ぐったりと目を閉じたノイシュの耳に兵の絶叫が届く度、手足を押さえ込んでいた枷が一つ、また一つと消え、痛みも霧散していった。

「……っ、ぅ……」

自由を取り戻したノイシュは、どうにか身をよじって肩越しに後ろを振り返る。

兵のいなくなったそこには、先ほどの巨大な黒い竜が翼を羽ばたかせて宙に浮いていた。爛々と光る黄金の目が、こちらをじっと見つめている。

（逃げ、なく、ては……）

だんだんと霞みがかっていく意識の中で頭を必死に働かせて、立ち上がろうとする。しかし、これまで数多の苦痛に耐え続けた体はもう、限界で。

「う………」

呻くことしかできないノイシュに、巨大な鉤爪が迫る。引き裂かれる、と反射的に目を瞑ったノイシュだったが、竜はノイシュの体をそっと掴むと、力強く翼を上下させて空へと舞い上がった。

（な……、に……）

朦朧とする意識の中、みるみる遠ざかる森を、ノイシュは必死に目を開けて見つめる。

（どこかへ、連れていかれる……？）

どうやら竜は国境に向かっているらしく、高い山々が見えてくる。

巣に運んで食うつもりだろうかと考えかけて、ノイシュは不思議なことに気づいた。

疲労しきった体はろくに動かないままだが、どういうわけか、吹き荒ぶ嵐のようだった五感が穏やかになっているのだ。

様々な刺激に溢れていた森から離れたからだろうか。だが、それにしては顔に吹きつける風の冷たさも、体を掴む竜の鉤爪の感触も、まるで苦痛に感じない——。

（どうして……）

唐突に穏やかになった五感を不思議に思ったノイシュだったが、その時、竜が翼を大きく広げて飛ぶ速度をゆるめる。

一際高い山の谷間を滑空した竜は、開けた草原の上で力強く羽ばたいて停止すると、やわらかな草むらにそっとノイシュを降ろした。

「う……」

竜の爪から解放された途端、また五感が牙を剝いて襲いかかってくる。

全身に突き刺さるような草の感触や匂い、葉擦れの音に呻きながらも必死に身を起こそうとしたノイシュはしかし、次の瞬間、飛び込んできた光景に息を呑んで固まった。

「……っ」

――山間から溢れ出す真っ白な朝陽に黒い鱗が煌めいた次の瞬間、竜の巨軀が掻き消えたのだ。

四散した漆黒の鱗が、まるで氷でできた花弁のように、去りゆく夜にあっという間に溶ける。言葉を失ったノイシュの前で、巨大な竜は一人の男へとその姿を変えた。

（竜が、人間になった……？）

まさかそんな、と目を凝らそうとするノイシュだが、逆光のせいで男の姿も顔も影になっていて朧気にしか見えない。

強い、強い光に目の前が眩み、意識が遠のいていく――。

「ぐ……」

呻くノイシュに、男がゆっくりと歩み寄ってくる。その頰の辺りで、キラリとなにかが反射したと思った次の瞬間、ノイシュの視界は真っ白な闇に呑まれた――……。

◆◆◆

一週間前のノイシュは、まさか自分の人生がこうまで激変するとは思ってもいなかった。

「すごい！　まるで別物ですね」

その日、ノイシュは城の応接間の一つで、助成金を願い出てきたある農夫の話を聞いていた。

通常、このような申し出は役人が審査をするのだが、この国ではまだ珍しい養蚕農家で、蚕の品種改良を試みていると聞き、直接話を聞きたいと王宮に招いたのである。

差し出された絹織物を見比べて驚いたノイシュに、向かいのソファに腰かけた農夫が緊張した様子で頷く。

「は、はい。こちらが新種の蚕の繭から紡いだ糸で織った品です。その、普通の繭よりだいぶ小さいんですが、良質な絹糸が取れまして……」

「なるほど。ということは、一つの繭から取れる糸は量が少ないんでしょうか？」

「！　ええ、そうなんです。それで、生産量を上げるためにはもっと蚕を飼う必要がありまして、今はその施設と桑畑を増やすのが課題で……」

ノイシュに問いかけられた農夫が、水を得た魚のように話し出す。餌である桑も育て方を工夫していて、と楽しそうに目を輝かせる彼の話に、ノイシュはじっくりと耳を傾けた。

ノイシュがここアーデンの王子として生を受けて、十七年目の春だった。

数年前に建国二百年を迎えたアーデンは、センチネルと呼ばれる能力者が代々治める国である。

センチネルとは、視覚、聴覚、嗅覚、味覚、触覚の五感のいずれかが普通の人間よりも鋭い人間のことだ。たとえば視覚が鋭い者は、通常よりも遠くを見通せたり、常人には見えないような微小なものをはっきり見ることができる。

センチネルの能力を持って生まれた者は、体のどこかに花の蕾の痣がある。ノイシュの痣は首筋にあり、棘のある茎には薔薇の蕾と共にくっきりとした葉が五枚、ついていた。

痣の濃さは能力の強さを、葉の数は特化している感覚の数を表しており、ノイシュは五感すべてが非常に鋭いセンチネルだ。そして、これほどはっきりと濃く、五枚もの葉の痣を持つ『五葉のセンチネル』は、今のアーデンにはノイシュ以外いなかった。

五感すべてが鋭いセンチネルは稀で、歴史上にも数名しか名が残っていない。しかも、ごく一握りの例外を除き、すべて十八の成人を迎える前に亡くなっている。

というのも、センチネルの能力は月の満ち欠けに左右され、満月の夜にはコントロール不能なほど感覚が強くなってしまうのだ。

五感すべてが鋭いセンチネルは、思春期にその能力が発現して間もなく、強すぎる感覚に耐えきれず狂い死んでしまう――。

（でも僕は、決してそうはならない。僕はこの能力を、アーデンのために役立てないと……）

熱心に蚕の育成方法について語る農夫の様子をつぶさに観察して、ノイシュは感覚を研ぎ澄ませた。

常人離れした五感を持つノイシュには、相手の言葉の真意が手にとるように分かる。声のトーンや仕草、微細な体温や表情の変化の一つ一つが鮮明に伝わってくるのだ。

「それで、この蚕は特に暑さに弱いので、温度管理が大変なんです。でも、適温だと本当に元気に桑を食べてくれて、病気にも強くて……」

夢中で話す農夫の声はあたたかく、熱意に満ちていた。偽りを隠すような声の震えや、過剰な緊張を示す表情の強張りもない。

いかに彼が自分の仕事に誇りを持ち、愛情を持って蚕を育てているか伝わってきて、ノイシュはふっと張りつめさせていた感覚をゆるめる。

（……うん、この人ならきっと大丈夫だ）

ノイシュの父は、長年民に寄り添った政（まつりごと）を続けており、小規模な事業にも積極的に援助を行っている。だが、彼のようにまだ実績があまりない人物への助成金は慎重に審査されるため、なかなか申請が通らず、その間に事業が立ち行かなくなってしまうことがままある。

それを未然に防ぐためにも、ノイシュは今回のような話を耳にした時は直接会って話を聞き、感覚を研ぎ澄ませて人となりを確かめるようにしていた。

まだ王子の自分に決定権はないが、できる限りのことをするために。

農夫の話が一区切りついたところで、ノイシュは彼を見つめて言った。

「分かりました。助成金の件、私から口添えさせていただきます」

「ほ……、本当ですか！　ありがとうございます、ノイシュ様！」

立ち上がった農夫が、深々と頭を下げる。ノイシュは立ち上がって彼の方に回ると、感激しきりの彼の手を取って言った。

「お礼を言うのはこちらの方です。今まで上質な絹は東国との交易でしか手に入りませんでしたが、これだけ見事な絹織物を我が国で作れれば、きっと皆喜びます。是非頑張って下さい」

「はい……！　はい、ノイシュ様！」

何度も頷く農夫に、今日はありがとうございました、今度視察に伺いますとお礼を言って、ノイシュは退室する彼を見送った。

衛兵が農夫と共に出ていったところで、ふうと息をついてソファに座ると、部屋の片隅に控えていた侍従のリンツが駆け寄ってくる。

「ノイシュ様！」

「ああ、ありがとう、リンツ。大丈夫だよ」

床に膝をつこうとする彼を制して、自分の隣に座るよう勧める。失礼します、と一言断ってサッとソファに腰かけたリンツが、ノイシュの手を取って顔を曇らせた。

「こんなにお手が冷たくなって……。やはり僕がお側でお助けするべきでした」

「いや、それは駄目だよ。僕が感覚を強化しているのが分かったら、相手が緊張してしまうだろう？」

「でも……！」

食い下がろうとする二つ年下の侍従の手をぽんぽんと叩いてなだめて、ノイシュは少し青ざめた顔で微笑みかけた。

「そんなに心配しなくても大丈夫だよ、リンツ。満月までまだあと一週間あるし、こうしてガイドのお前もすぐ側にいる。なにも問題はないさ。ね？」

「……はい」

不承不承といった様子で頷いた侍従に苦笑して、ノイシュは触れている手から流れ込んでくるやわらかな感覚にほっと息をついた。

満月の夜に起こるセンチネルの感覚の暴走を唯一和らげることができるのが、ガイドと呼ばれるリンツのような人間だ。

ガイドとは、平たく言えばセンチネルにとっての安定剤のようなものだ。センチネルは自分と相性のいいガイドに触れられると感覚が安定し、苦しむことなく感覚を研ぎ澄ませることができるし、満月の夜の暴走も抑えることができる。

だが、ガイドはセンチネルと違って痣もなければ、能力の発現も特にない。センチネルは基本的に貴族だが、ガイド能力を持つ者は平民にも多くおり、そのほとんどは自分がガイドだという自覚がないまま過ごしている。

しかし、センチネルにとって相性のいいガイドを見つけることは死活問題だ。そのため、薔薇の蕾の痣を持つ王族や貴族の子供は、思春期を迎える前から相性のいいガイドを探し始める。

引き合わされた大勢のガイドたちの中で、ノイシュと最も相性がよかったリンツは、数年前から侍従として側に仕えてくれている。だが彼は、ノイシュの『薔薇の番』ではない。

　薔薇の番とは、運命的に相性がいいセンチネルとガイドのことを指す。由来は、センチネルが持つ痣だ。――薔薇の番であるガイドがセンチネルの痣にくちづけると、蕾が花開くのだ。

　薔薇の番を得たセンチネルは、より安定して感覚を強化できるようになり、満月の夜でも番と触れ合ってさえいれば、感覚が暴走することはない。そして、いったん蕾を咲かせた二人は強い絆で結ばれ、一方が外傷を負えば、たとえ離れた場所にいても、もう一方も同じ箇所に傷を負うようになる。

「僕がノイシュ様の薔薇の番なら、もっともっとお役に立てたのに……」

　年下の侍従が涙ぐみながらそう言うのを聞いて、ノイシュは微笑んだ。

　リンツはいつも、こう言ってくれる。自分が薔薇の番だったならもっと力になれたのにと悔しがってくれる侍従に、ノイシュは穏やかに言った。

「なにを言うんだ、リンツ。僕がどれだけお前を頼りにしているか」

「……ノイシュ様」

「薔薇の番かどうかなんて関係なく、僕はお前に出会えてよかったと思ってるよ、リンツ。お前は僕にとって大事な侍従だ」

　ぎゅっと手を握り返して微笑んだノイシュに、リンツがぐすっと鼻を啜る。

「ノイシュ様ぁ……」

「リンツは泣き虫だな」

　くすくすと笑って、ノイシュは懐からハンカチを取り出した。もったいないと恐縮するリンツをいいからとなだめて、目元を拭ってやる。

（……薔薇の番、か）

　ノイシュとて、自分に薔薇の番がいたらと思わないわけではない。

　普通のセンチネルなら、薔薇の番でなくとも相性のいいガイドがいれば、満月の夜でも感覚が暴走することはない。しかし『五葉のセンチネル』であるノイシュは、たとえリンツと共にいたとしても、満月の夜には過敏になる五感に苦痛を覚えるし、そうでない時でも少し感覚を研ぎ澄ませただけで気分が悪くなったり、目眩がしたりする。

現国王フォルシウスの一人息子であり、王位継承順位第一位のノイシュには、このアーデンの人々の生活を守る責務がある。だというのに、今のままではセンチネルの能力に振り回されて、命さえ危うい。

だからこそノイシュは、薔薇の番と巡り会う必要があるのだ。

（……でも、父上と母上が国中を探しても、リンツ以上に僕と相性のいいガイドはいなかった）

危機感を覚えた両親は、ノイシュが幼い頃から様々なことを教えてくれた。五感が過敏になる満月の夜のやり過ごし方、なるべく負担なく感覚を研ぎ澄ませる方法、どんな苦痛の中でも、心を強く保つ覚悟――。

五年前、十二歳の時に能力に目覚めたノイシュが今日まで生き延びられたのは、間違いなく両親と、リンツを始め献身的に支えてくれた周囲の人々のおかげだ。その恩に報いるためにも、自分は尊敬する父王の跡を継いで、立派な王にならなければいけない。

（これだけ探して見つからなかったんだ。きっと僕には薔薇の番なんて最初からいなかったんだろう。僕は僕自身の力で、感覚をコントロールしていかないと……）

どんなに苦しくても、つらくても、王家に生まれた以上、自分はこの能力を国のために役立てなければならない――。

「ノイシュ」

ノイシュが思いを巡らせたその時、続きの間の方から声がかかる。振り返るとそこには、侍従を伴った両親の姿があった。

「父上。母上も、どうなさったのですか？」

「あなたの様子を見に来たのですよ。大事ありませんか？」

ソファから立ち上がったノイシュに、母が歩み寄ってくる。

小柄で細身の母に似たのか、ノイシュは同年代の貴族の子息たちに比べると背丈もそこそこで、華奢な体格をしている。翠の瞳と金糸のようなまっすぐな髪は父譲りだが、大きな瞳やふっくらした唇などは母に似て優しげだと言われることが多かった。

心配そうに問いかけてきた母に、ノイシュは微笑んで答える。

「ありがとうございます。でも大丈夫ですよ、母上」

「そう言って、先日も無理をしていたでしょう」

数日前、ノイシュは面会中に能力を使って、目眩を起こしてしまった。すぐにリンツがサポートしてくれて大事には至らなかったが、青い顔をしているところを訪ねてきた母に見られてしまったのだ。

「最近よく民間の方との面会に応じているとは聞いていましたが、まさかその度に能力を使っていたなんて……」

眉を曇らせた母に、頬や額に手を当てられて、ノイシュはちらっと父王に視線を送って助けを求めた。苦笑した父が、母の肩を抱いてなだめる。

「心配なのは分かるが、ノイシュももう子供ではない。自分の能力をどう使うかは、ノイシュ自身が決めることだ」

「それはそうですが……」

分かっていても心配なのだろう。ノイシュはリンツにお茶を淹れてくるよう頼むと、明るい声で母に告げた。

「それより母上、こちらをご覧下さい。今日お会いした養蚕家の方が、品種改良を重ねて作った絹織物です。素晴らしい品物でしょう？」

テーブルの上に置きっぱなしだった絹を母に見せつつ、父に報告する。

「父上、この絹織物は将来きっとアーデンの特産品になります。飼育が少し難しい蚕のようですが、懸命に量産に取り組んでいるとのことでした」

「そうか。その養蚕家は、お前の目にはどう映った？」

ノイシュの父フォルシウスは、視覚が鋭いセンチネルだ。その手には大輪の薔薇が咲いている。

父のガイドは母で、ノイシュの両親は奇跡的に巡り会った薔薇の番だった。

手を取り合う両親をまっすぐ見据えて、ノイシュは告げる。

「とてもまっすぐで熱心な方でした。蚕のことを本当に大切に思っていて、彼の言葉に嘘はありませんでした。今度実際の飼育の様子を見に行きたいと言ったら、快く承諾してくれました」

ノイシュの言葉を聞いた母が、まあ、と心配そうに眉を寄せる。その手をぽんぽんと軽く叩いてなだめた父が、ノイシュに向き直って言った。

「よい機会だ。民の生活を実際にその目で見てくるといい」

「はい。是非そうしたいと思っています」

ノイシュはこの特異な能力のせいで、今まで王宮の外に出たことがほとんどない。外の世界に興味はあったが、母や王宮の者に余計な心配をかけたくなかったし、かけてはいけないと思っていた。

だが、王宮の中でも自分にできることをしようと身分を問わず様々な人と会うようになり、もっと外の世界を知りたいという思いは日に日に強くなっている。

今のまま、王宮の中だけが自分の世界のすべてでいいとは思えない。自分が将来治めることになる国は、人々は、王宮の外に存在するのだから。

（僕は、父上のような王になりたい。そのためには、様々な経験を積まなければ）

尊敬する父を見上げ、ノイシュは声を弾ませて告げる。

「それで父上、その養蚕家の方に是非助成金の許可を出していただきたいのですが、一度父上もお会いいただけないでしょうか?」

「ああ、そうだな。ならば……」

ノイシュの提案に父が頷きかけた、その時だった。

「……王たる者、そう気軽に平民にお会いになるのはいかがなものだろうな、兄上」

両親が先ほど現れた続きの間から、くぐもった低い声が上がる。

ゆっくりと姿を現した男に、ノイシュは思わず硬い声を漏らした。

「グレゴリウス叔父上……」

それは、父の弟であるグレゴリウスだった。

堂々たる体軀の父とはあまり似ておらず、ひょろりと痩せており、血色の悪い顔をしている。頬骨の目立つこけた頬に、ゆるくウェーブがかかっている艶のない黒髪。唯一瞳の色は同じ翠だが、その目つきは鋭く、常に穏やかな笑みを絶やさない父とは正反対だ。

グレゴリウスは聴覚が鋭いセンチネルで、父とは反対の手の甲にとても濃い、蕾のままの薔薇の痣がある。普段は常に手袋をしているため、その痣は見えないものの、叔父の能力はとても強く、こと聴覚に限ればノイシュをも凌ぐかもしれなかった。

ノイシュはこの叔父が、昔から苦手だった。言葉を選ばず言うならば、警戒していた。

というのも、彼の言葉の端々には父やノイシュへの敵意が滲（にじ）んでおり、いつ会っても冷たく濁った、負の感情が伝わってくるのだ。

父の話では、昔は兄弟仲は悪くなかったらしいが、先王が亡くなった頃から次第に考え方の違いから距離ができ始めたらしい。

アーデンはその昔、他国で奴隷扱いされていたセンチネルたちが立ち上がり、独立してできた国で、その時のセンチネルたちが王族や貴族となっているため、貴族の特権意識が強い。叔父もそういった類（たぐい）

の考え方の持ち主で、センチネル以外の人間をあからさまに蔑視していた。

（……叔父上を前にすると、まるで太陽の光の届かない、暗い海の底に引きずり込まれるような気持ちになる）

　五感の鋭いノイシュにとって、叔父から滲み出ている澱んだ感情は心身を蝕む毒のようだ。

　自然と身を強ばらせたノイシュをちらりと見やって、グレゴリウスが淡々と言う。

「政治ごっこは結構だが、そのような些事に王の手を煩わせるものではない。弁えるがいい」

「……っ、政治ごっこなどでは……！」

「ほう。では、お前はこの国の現状をあますことなく把握している、と？」

「それは……」

　そう聞かれると、答えに窮してしまう。

　王宮から滅多に出ない自分は、政に口出しできるほどアーデンの現状を把握しているとはとても言えない――。

「そう追いつめないでやってくれないか、グレゴリウス」

　そう言いつつ、俯いたノイシュの前にスッと進み出てきたのは、父王だった。

「ノイシュはまだ若い。知らないことがあるのは当然だ。知らないことは、これから知って、学んでいけばいい」

「父上……。……はい」

　優しく諭すような父王の言葉を噛みしめて、ノイシュは頷いた。

　穏やかに微笑んだ母も、ノイシュの肩をそっと抱く。やわらかな母のガイドの力を感じて、ノイシュはほっと緊張を解いた。

　苦い顔つきになったグレゴリウスを見据えて、父王が静かに告げる。

「それに、これだけ見事な絹織物は、今後我が国の特産品となる可能性を十分に秘めている。支援する価値は十分にあるし、王の名の下で支援する以上は私が直接話を聞いておくべきだ」

　他ならぬ自分の考えでノイシュの提案を受け入れたのだと明言して、父が続ける。

「ノイシュはまだ若く、そなたからしたら児戯のような言動に思えるかもしれぬ。だが、どうかあたたかい目で見守ってやってほしい」

「……私からもお願い致します、叔父上」

　父の隣で、ノイシュはグレゴリウスに頭を下げた。

　叔父の考え方や態度は、ノイシュには受け入れ難い点が多々ある。

　だが、血の繋がった王族間でいがみ合うのはよくないし、互いの価値観の違いを認め合い、その上でどうしたらいいか考えるのが大切だと、ノイシュはそう父から教わった。

「ご助言、感謝致します。これからもどうぞご指導下さい」

「……ああ」

　苦々しげに頷いたグレゴリウスが、マントを翻して去っていく。その背を見送って、父が呟いた。

「グレゴリウスも、この国の行く末を思ってああ言ったのだろう。悪く思わないでやってくれ」

「はい。もちろんです、父上」

　悲しげで寂しげで、それでいて苦々しげな父の横顔を見つめて、ノイシュは頷いた。

　と、そこで三人分の紅茶とお菓子を載せたトレーを手にしたリンツが戻ってくる。

「お待たせ致しました。お茶をお持ちしました」

「ああ、ありがとう、リンツ。父上、母上、一息入れましょう」

　微笑んでソファを勧めたノイシュに、二人も頷いて微笑み返す。

「ええ。先ほどの養蚕家の方のお話、もっと詳しく教えてちょうだい、ノイシュ」

「そうだな、私も聞いておきたい」

　香り高い紅茶を楽しみながら、親子水入らずで話に花を咲かせる。

　そんな時間がいつまでも続くことを、この時のノイシュは信じて疑わなかった。

　一週間後、満月の夜に感覚過敏で苦しむ中、グレゴリウスが密かに差し向けた兵の手にかかって両親が上げた、断末魔の声を聞くまでは――。

◆◆◆

　ふわり、と唇にしっとりとしたなにかが押しつけられる。

　まるで花びらのようなその優しい感触に、ノイシュは知らずほっと息をついた。

（なんだろう……。なんだかすごく心地いい……）

　鋭い五感のせいで常に耳がざわざわと物音を拾い上げ、風が吹くだけで肌がぴりぴりしてしまうノイシュは、普段深い眠りにつくことがほとんどない。

　浅い眠りの中、夢うつつに漂ってくる花の香りや月明かりにうなされて何度も目が覚めるのが日常だというのに、今唇に触れている感触は何故かまるで不快感がない。

（リンツ……、じゃ、ない……？）

　リンツに手を握ってもらうと、五感がまろやかになって苦痛がやわらぐが、それでも多少の不快感は残る。だが今は、まるでセンチネルの能力に目覚める前に戻ったかのように『無』だ。

もう二度と味わうことはできないだろうと思っていた、普通の人間のような穏やかな感覚――。

「ん……」

身じろぎしたノイシュの唇を、濡れた熱い、なめらかななにかが撫でる。ノイシュが思わず口を開くと、それはするりと歯列を割って入ってきた。

粘膜同士が擦れ合った途端、五感が一層丸くなり、安堵感に包み込まれる。同時に舌のつけ根にじゅわりと甘い感覚が走って、ノイシュは今まで味わったことのない快美感に小さく身をよじった。

「んぅ……」

ふうっと鼻から漏れた吐息が、間近にあるなにかに当たって撥ね返ってくる。

(くすぐったい……)

すべてが強い刺激になってしまうノイシュにとって、その感覚は随分久しぶりのものだった。

今まで自分を取り巻く世界はすべて、まるで茨のように固く、小さな棘だらけだった。

なにを見ても、聞いても、味わっても、嗅いでも、触れても、傷を負ってしまう。

けれど、今自分に触れているモノは、自分を傷つけない。

穏やかで優しくて、気持ちがいい――。

(……でも、なんで……？)

溜まった甘い蜜をこくりと飲み込んだところで、ぼんやりとしていた意識がようやく輪郭を持ち始めて、ノイシュは疑問を感じる。

国中で最も相性のいいリンツとでさえ、こんな穏やかさは感じたことがない。

リンツ以上に自分と相性のいい相手がいるとすれば、それは――……。

「……っ、っ!?」

ぱちりと目を開けた途端、目の前に広がっていた光景に、ノイシュは驚いて息を呑んだ。自分の顔のすぐ近くに、端整な男性の顔があったのだ。

否、すぐ近くというより、彼と自分の唇は重なり合っていて——。

「……気がついたか」

ノイシュが息を呑んだのとほぼ同時に、男が目を開けてくちづけを解く。

——そう、くちづけだ。自分は今、この男にくちづけられていた——。

「な……っ、なにを……」

いきなりなにをするのか、彼は誰なのかと混乱しながら身を起こして、ノイシュはハッと我に返る。

(そうだ、僕……!)

意識が明瞭になった途端、昨夜の記憶が甦る。

——満月の昨夜、ノイシュはいつものように自室でリンツと共に静かに過ごしていた。

だが深夜、鋭くなった五感がもたらす苦しみに耐えていたところ、複数の兵が向かってくる足音と気配に気づいたのだ。


彼らが密かに交わす会話から、ノイシュは叔父のグレゴリウスが謀反を起こし、自分と両親を殺そうとしていることを知った。ひとまず身を隠して兵をやり過ごしたノイシュは、すぐさま両親の元に向かったが、その途中で聞いてしまったのだ。

両親の、断末魔の声を——。

(父上……、母上……っ!)

耳に残る両親の最期の声を思い出したノイシュの心臓に、鋭い痛みが走る。膨れ上がる悲しみに耐えきれず、ノイシュは胸を押さえて肩を震わせた。

センチネルであるノイシュには、たとえ目の前で起こった出来事でなくとも、わずかな音や匂いでなにが起きたか手に取るように分かる。両親が兵に討たれ、その場で絶命したことも、分かりたくなくとも分かってしまった。

だからノイシュは、必死に城を抜け出したのだ。

生き延びて、両親の仇を討つために——。

「……っ」

（泣くな……！　泣くのは、グレゴリウスを討ってからだ）

幾度も呼吸を引きつらせながらも、ノイシュは必死に自分に言い聞かせた。

城を出てすぐ追っ手に気づかれ、森でリンツとはぐれてしまった時にはもう駄目かとも思ったが、自分はどうにかこうして生きている。

おそらく叔父は、アーデンの王として即位するつもりだろう。このまま野放しにしておくわけにはいかない。

絶望に、悲しみに暮れるのは、後回しだ。

（絶対に許さない……！　必ず、仇を討つ！）

込み上げてくる熱いものをぐっと堪え、どうにか気持ちを立て直すと、ノイシュは目の前の男に問いかけた。

「あの……、あなたが僕を助けて下さったんですか？　ここは……」

部屋が薄暗いので、はっきりとは視認できないが、改めて見た男の顔には痣のようなものがあるらしかった。黙り込んでいる彼はあまり表情らしい表情を浮かべておらず、お世辞にも友好的な雰囲気ではないが、かと言って敵意も感じない。

（この人が、僕を助けてくれたのか？　じゃあここは、彼の家……？）

見回した部屋は、知らない場所というだけでなく、調度品も見慣れないものばかりだった。

どうやら木造の建物のようだが、天井は低く、床には草を編んだマットのようなものが敷き詰められている。ノイシュはそのマットに直接敷いた布団の上に寝かされており、靴は脱がされていた。

部屋は一部の壁がなく外に直結していて、どうやらそこから直接庭に出られる造りらしい。外は明るく、少なくとも夜が明けて数時間は経過している様子だった。

「ここは一体、どこですか？　昨夜僕を襲ってきた竜は……？」

部屋の雰囲気からしてまるで異国のようだが、一夜で国境を越えたのだろうか。それに、あの竜はどこへ消えてしまったのだろう。

不思議に思って聞いたノイシュに、男がムッとしたように言う。

「……随分な言いようだな。せっかく助けてやったのに」

「え……？　あ、いえ、違います。あなたのことじゃなくて……」

どうやら彼が自分を助けてくれたようだが、今呟いたのは竜のことだ。誤解させてしまったかと慌てて訂正したノイシュだったが、男は憮然とした表情のまま唸った。

「俺のことだ」

「え？」

「あの竜は、俺だ」

「……？」

この人は一体、なにを言っているのだろう。

困惑するノイシュをよそに、男が立ち上がって部屋の戸を開ける。するとそこには、異国風の庭があった。ノイシュがいた王宮では見たことのない種類の木々が植えられ、丸く白い石が敷き詰められた先に石造りの小さな池も見える。

明るくなった部屋の中、ノイシュは戻ってきた男の顔を改めて見やって、我が目を疑った。

（え……？　う、鱗……？）

――その男の顔は、左頬の下部が黒い鱗のようなものに覆われていたのだ。

てっきり痣だとばかり思っていたが、違う。まるで爬虫類のような漆黒に煌めく鱗が、男の頬を覆っている――……。

一瞬言葉を失ったノイシュはしかし、すぐに気を取り直して口を開いた。

「……あの、助けて下さってありがとうございました。お礼が遅くなって申し訳ありません」

彼の顔にどうして鱗のようなものがあるのかは分

からないが、この人は自分を助けてくれたのだ。そのお礼は、きちんと言わなければならない。

身を起こして、ノイシュは改めて目の前に座る男に相対した。

鱗という特異な外見に注意が向いてしまっていたが、男は最初にノイシュが目を開けた時に思った通り、とても整った精悍な顔立ちをしていた。

艶のある短い黒髪に、黒い瞳。年齢はノイシュより十ほど年上だろうか。

アーデンではあまり見かけない、少し黄色みがかった陶器のような肌をしている。顔立ちもアーデンの民とは異なり、すっきりと涼やかだ。特に、こちらをまっすぐ見据える切れ長の目は、まるで月光が揺蕩う夜の海のように深い色をしていた。

あぐらをかいていても分かる長い手足と高い背。

身に纏った上着はゆったりとした幅広の袖が特徴的で、飾り紐のような装飾はあれどボタンは見当たらない。全体的に黒っぽい衣装で、上着は前で左右を重ね合わせてベルトで締めているらしかった。

床に座った彼の側には、長剣ともサーベルとも異なる形の、反りの強い細身の剣らしきものが置かれている。

（あれは確か、刀という剣のはず……。以前、東方の国から来た使者が同じ剣を持っていた）

髪や肌の色、衣装もその時の使者たちと似ているし、彼は東方の民なのだろう。確か、アーデンの東南部に位置する海沿いの街に東方からの移民が多く住んでいるはずだが、まさか自分はあの竜にそこまで連れてこられたのだろうか。

――それに。

（さっきのくちづけ……。あれは、僕を助けるためのものだった）

通常、センチネルはガイドと身体的な接触があれば五感が安定するが、それよりも強力で即効性があるのが粘膜での接触だ。ノイシュはこれまでリンツとは手を握り合うだけだったが、彼は気を失ったノイシュを助けるためにくちづけたのだろう。

　触れ合ったところから流れ込んできた、やわらかな温もり。あれは確かに、ガイドの力だった。

　リンツよりも相性のいい、――おそらく、薔薇の番の。

（……この人は、僕の……）

　こく、と緊張に喉を鳴らして、ノイシュは男に問いかけた。

「あの……、僕はノイシュと言います。あなたはもしかして、僕の薔薇の番ではないでしょうか？」

「………」

　ノイシュの問いかけに、男はしばらく無言だった。じっとその目にノイシュを映し、やがて一つ息をついて、名乗る。

「俺の名は、雨月。ここは……」

　――と、次の瞬間。

「キュウ！」

「きゅう？」


　庭先からなにやら高い声がしたかと思うと、真っ白ななにかが部屋の中に飛び込んでくる。驚いたノイシュの目の前で、飛来したそれが雨月の顔にバッと飛びついた。

「っ!?」

「……九助」

　顔面を覆われた雨月が、地を這うような低い声を発する。しかし、真っ白な物体は小さくふるふる震えながらキューキューと鳴き声を上げ続けている。

（な……、なに、あれ？）

　どうやら生き物のようだが、雨月の顔にかじりついてこちらに背を向けているせいで判別がつかない。

　一体あれは、と唖然としたノイシュの前で、雨月がその白いものの長い胴をむんずと掴み、べりっと自分の顔から引き剝がした。

「いい加減にしろ、お前……！」

「キュー！」

「え……」

ぷらんと猫の仔のように掴まれた白いものが、抗議するように高い声を上げる。

くりくりしたつぶらな黒い瞳、陽光を受けて虹色の輝きを帯びた白い鱗。精一杯雨月に伸ばされた短い脚の先には、ちんまりとした黒い爪が見える。くるんと内側に丸められた尻尾、背中に生えた小さな翼、ずんぐりむっくりとした二つの角――。

「りゅ……、竜？」

「キュウ？」

思わず呟いたノイシュに、白い幼竜がくりんとこちらを向く。真っ黒な瞳にじいっと見つめられたノイシュがたじろいだその時、庭とは反対側の引き戸がスッと開いた。

「悪い、雨月。こっちに九助が……、ああ」

格子状の木枠に白い紙を張り付けた戸から顔を覗かせた女性が、ノイシュを見て目を見開く。

「気がついたんだね。よかった」

にこ、と微笑みかけてきたのは、艶やかな美貌の女性だった。

年齢は雨月より少し上だろう。落ち着いた雰囲気で、長い黒髪を後ろで一つに結わえている。雨月と同じような肌の色をしており、身に纏っている衣装も上着の左右を前で合わせる形のものだった。

「あ……、あの……」

彼女も雨月の仲間なのだろうか。だとしたら彼女にもお礼を言うべきかと口を開きかけたノイシュだが、それより早く、女性が雨月に歩み寄る。

「ああ、やっぱりこっちに来てたか。爪が長くなってたから削ってやろうとしたら、九助の奴、嫌がって飛んでっちまってね」

こういう時だけ逃げ足が速いんだから、と苦笑しながらしゃがみ込んだ女性に、白い幼竜がじとっとした目で唸る。

「ギュルルルッ！」

「はは、いっちょ前に文句言ってら」

雨月に掴まれたままの幼竜が、じたばたと短い脚をもどかしげに振り回す。その鼻先をからかうように指でつつく女性に、雨月がため息をついた。

「姉上、こいつの爪は後で俺がやっておきますから。それより……」

ちら、と視線を向けられて、ノイシュは居住まいを正して二人に告げた。

「……僕は、ノイシュと言います。助けて下さってありがとうございます」

命の恩人とはいえ、彼らがどういう人間なのかはまだ分からない。王子と名乗るのは控えておいた方がいいだろうと思ったノイシュだったが、女性はふっと笑みを浮かべて言う。

「ああ、あたしの名は椿。ここにいる雨月の姉だ。あんたはノイシュ・シェーンベルグ……。アーデンの王フォルシウスの一人息子、だろう?」

「っ、どうして……」

言い当てられて驚いたノイシュに、椿がとんとんと自分の首元を指し示して言う。

「痣を見れば分かるさ。アーデンの王子が五葉のセンチネルだっていうのは有名だからね。それで、その王子がどうして夜の森に？　雨月の話じゃ、武装した兵に追われてたそうだが」

「……あれは、叔父のグレゴリウスの兵です」

身分を知られている以上、自分の事情は遠からず彼らの耳に入ることになるだろう。

俯いたノイシュは、湧き上がる叔父への憎しみを懸命に押し殺して、ありのままを打ち明けた。

「実は昨夜、王宮で謀反が起こりました。グレゴリウスが差し向けた兵が、僕の両親を殺したんです。僕はどうにか森に逃げ込みましたが、追っ手に追いつかれ、竜に襲われて……」

「襲ってなどいない」

しかし、説明の途中で雨月に遮られてしまう。顔を上げたノイシュをじっと見つめて、雨月は不機嫌そうに続けた。

「俺はお前を助けただけだ。人聞きの悪いことを言うな」

「えっと……？」

憮然とした表情で言う雨月に、ノイシュは戸惑ってしまった。

先ほどから雨月はなにを言っているのだろう。

「すみません、雨月さん。僕は竜のことを言っていて……」

「だから、それが俺だと言っている。……話の分からない奴だな」

もどかしげに唸った雨月が、幼竜を自分の膝に降ろす。前で合わせている衣の襟を摑んだ彼は、ぐいっと襟元を大きくはだけて上半身を露にした。

――黒い鱗がまばらに覆っている、左半身を。

「俺は、満月の夜に竜に姿が変わる呪いを受けている。昨夜の竜は、俺だ」

「……え……」

衝撃的な告白に、ノイシュは言葉を失ってしまった。

（呪い？　この人が、あの竜？）

そんな……、そんな現実離れしたことが、本当にあるのだろうか。

確かに、この世界には魔法や呪いが存在するとは言われている。だが、それらを操る魔法使いや妖精は、ほとんどお伽話の中の存在だ。

そもそも竜だって、五年前に人里で暴れていた『アーデンの暴れ竜』と呼ばれる最後の一頭が倒され、滅んだと言われている――。

（……でも、あの仔はどう見ても竜だ）

雨月の膝の上にちょこんと座った九助は、昨夜見た黒竜に比べると随分と小さいが、紛れもなく竜だ。時折パタパタ動いている小さな翼も、雨月の膝をペチンと叩く尻尾も、こちらをじいっと見つめているきゅるんとした黒い瞳も、とても作り物とは思えない。

雨月の鱗にしても、わざわざ作って貼り付けたようには見えないし、そんなことをする意味もない。

それに、あの竜が触れていた時、確かに暴走していた感覚が穏やかになった――。

「あの……、冗談、ではないんですよね？」

それでも聞かずにはいられなくて、おそるおそる聞いたノイシュに、雨月が素っ気なく言う。

「俺は冗談は苦手だ」

「……失礼しました。あの、改めて、助けて下さってありがとうございました」

茫然としながらも、なんとか話を呑み込んで礼を言ったノイシュに、雨月がにべもなく頷く。

「分かればいい。それから、礼も不要だ。俺は竜の姿になった時の習慣で空を飛んでいて、追われているお前を偶然見つけただけだ」

はだけた衣を直す雨月の隣で、椿が苦笑を浮かべて言った。

「そりゃ誰だって、竜の呪いなんて言われてもすぐには信じられないだろうよ。悪かったね、ノイシュ。弟はこの通り、愛想がなくてね」

「い……、いえ、僕こそ命の恩人に失礼しました。あの、お二人は東方の国の方ですか？　ここは一体、どこなんでしょうか」

色々聞きたいことは山積みだが、まずは現状を把握しなければならない。

椿の言葉で我に返り、改めて問いかけたノイシュに、雨月が答える。

「ここは、アーデンの国境にある山奥の隠れ里だ。俺と姉は、ここからずっと東にある八島（やしま）という国から来た」

「八島……。以前、そちらから来た使者の方に会ったことがあります。確か、海を越えたところにある島国だとか。あの、でも隠れ里って……？」

アーデンに隠れ里があるなんて驚きだが、誰も知らないからこそ隠れ里だ。だが、そんなところに住んでいるなんて、彼らは一体何者なのだろうか。

疑問を覚えたノイシュに、椿が静かに切り出す。

「……ここに住んでるのは、ガイドとその家族たちだ。センチネルに虐（しいた）げられたり、ひどい目に遭わされた、ね」

「え……」

衝撃的な言葉に、ノイシュは思わず目を瞠って聞き返した。

「センチネルに虐げられたって……、それは本当ですか？」

センチネルにとって、ガイドは必要不可欠な存在だ。だから、相性のいいガイドは従者として取り立てたり、伴侶に迎えたりする者が多い。

ノイシュも、幼い頃に巡り会ったリンツにずっと侍従として仕えてもらっている。当然、虐げたことなど一度もない。

ガイドを蔑（ないがし）ろにするセンチネルなど本当にいるのかと驚いたノイシュに、雨月が淡々と告げる。

「一部の貴族だが、自分と相性のいいガイドをどれだけ多く所有しているかを誇るような奴らがいるのは事実だ。……お前の叔父も、そうだ」

「っ！　グレゴリウスが……」

思いがけず叔父の話題になり、ノイシュは身を強ばらせた。頷いた椿が、じっとノイシュを見据えて口を開く。

「ああ。そしてあたしは、あんたの叔父の薔薇の番だ」

「え!?　椿さんが!?」

「姉上！」

ノイシュが驚いて目を見開くのと、雨月が咎（とが）めるように声を上げるのは、ほぼ同時だった。視線を険しくした雨月に、椿が静かに言う。

「大丈夫だよ、雨月。ノイシュはフォルシウス陛下の息子だ。それに、彼はご両親をグレゴリウスに殺されてる。あたしたちの敵じゃない」

「……ですが、彼もセンチネルです」

鋭い視線を向けてくる雨月に、ノイシュは思わず息を呑む。警戒心も露にノイシュを睨（にら）んで、雨月が続けた。

「いくら恩人の息子でも、俺はこの国のセンチネルは信じられない。彼がグレゴリウスにこの場所を教えないとは限らない」

「…………」

きつく目を眇めた雨月を前に、ノイシュはこくりと喉を鳴らして唇を引き結んだ。

今までノイシュに悪意を向けてくるのはグレゴリウスくらいなもので、それも最低限、叔父と甥という関係は取り繕っていた。誰かからこんなに強い感情をぶつけられるのなんて初めてで、緊張で指先がどんどん冷たくなってくる。

――けれど。

「……確かに、僕はセンチネルです」

ノイシュはぐっと拳に力を込め、まっすぐ雨月を見つめ返して言った。

「開き直るつもりはありませんが、知らないことは知って学ぶしかないと、僕は父から教わりました。だからどうか、教えてもらえませんか？　あなた方とグレゴリウスの間に、なにがあったのか。父が恩人というのは、どういうことなのか」

「…………」

「僕にとってグレゴリウスは、両親の仇です。この先会うことがあるとすれば、それは仇を取る時です。あなた方のことは決して話しません。ですからどうか、僕に教えて下さい……！」

懸命に訴えたノイシュに、雨月はしばらく無言だった。緊張しながらも硬く拳を握りしめ、彼の答えを待っていたノイシュだったが、その時、雨月の膝の上で場違いな声が上がる。

「キュ？」

こてんと小首を傾げた九助が、しかめっ面の雨月とノイシュを幾度か見比べた後、パタパタと翼を動かし出す。ふわりとその場に浮いた九助は、ふよふよと宙を進んだかと思うと、ぽてっとノイシュの膝の上に着地した。

「えっ」

人間なら、にこっと笑みを浮かべたといったところだろうか。つぶらな瞳をキラキラさせた九助が、短い前脚をノイシュに伸ばしてくる。

「キュッ」

「あ、はい。……え？」

反射的に頷いて抱き上げてから、ノイシュは我に返った。

「……えっ？　な、なに？」

「キュウ」

今、なにが起こったのか。言葉が通じないはずなのに明らかに『抱っこして』と言われたし、なんなら語尾にハートマークも付いていた。

気がついたら自動的に九助を抱っこしていたと混乱するノイシュをよそに、九助が満足気にノイシュに顔をすり付けてくる。

小さな前脚でノイシュの胸元にむぎゅっとしがみつく九助を見て、椿が弾けるように笑った。

「はは、雨月より九助の方が、よっぽど人を見る目がありそうだ」

「………」

憮然とした表情になった雨月が、ふいっと横を向く。これはさすがに面白くないだろうと気づいたノイシュは、慌てて九助を降ろそうとした。

「あの……っ」

「ギュー！」

しかし、床に降ろそうとした途端、九助が怒ったような声を上げてひっしとノイシュにしがみつく。

くるりと腕に巻き付いてきた尻尾から、絶対離れないぞという強い意思が滲み出ていて、ノイシュは途方に暮れてしまった。

「えー……」

「ああ、悪いけどそのまましばらく抱っこしててあげとくれ。ちょっと重いだろうが、そうなったら満足するまで離れないから」

苦笑した椿が、からかうように九助の鼻先をちょんとつつく。ギャウッと声を上げた九助が椿の指先を噛もうとしたが、椿は素早くそれをかわしてフフンと笑った。

「百年早いよ、おチビ」

「ギュウウ！」

「あの……、九助くんは竜、なんですよね？」

ビチビチと尻尾を波打たせて悔しがる九助の頭を撫でてなだめながら、ノイシュは椿に聞いてみた。

「竜は滅びたと聞いていたんですが……」

ノイシュに撫でられてキュイキュイと甘えた声を上げる九助に苦笑しつつ、椿が頷く。

「ああ。この子はね、五年前に雨月が倒した竜の子供なんだ」

「……っ、雨月さんが!?」

思いもしなかった言葉に、ノイシュは驚いて雨月を見た。苦い顔をした雨月が、椿に言う。

「俺一人で倒したような言い方はよしてくれ、姉上。仲間と協力して倒したんだ。姉を助けるために」

「椿さんを……？」

一体どういうことなのかと問い返したノイシュに、椿が口を開く。

「……そもそもあたしがこの国に来たのは、恋人と一緒になるためだったんだ。アーデンからの使者の護衛として八島に来た軍人でね。彼がアーデンに帰る時、一緒に故郷に来て結婚してくれないかと言われた。優しい人だったよ」

ふっと視線を落とした椿が、静かに続けた。

「アーデンに着いた彼は、上官であるグレゴリウスにあたしを紹介した。けど、グレゴリウスはすぐにあたしが自分の薔薇の番だと気づいて、捕らえようとして……。彼はあたしを守ろうとして、グレゴリウスに殺されたんだ」

「な……」

目を見開いたノイシュの腕の中で、九助が小首を傾げる。小さな幼竜を震える手でぎゅっと抱きしめて、ノイシュは憤（いきどお）った。

「そんな……、どうしてそんなこと……！」

「……言っただろう。相性のいいガイドをどれだけ『所有』しているか誇るようなセンチネルがいる、と。そういう奴らは、相性のいいガイドを見つけては監禁し、仲間内で品評会を開いて競い合っているんだ。まるで奴隷のようにな」

雨月がじっとノイシュを見据えて言う。

「グレゴリウスにとって姉は、最高に相性のいいガイドだ。奴は最初から、姉を都合のいい制御装置として利用するつもりだった。ガイドとして大切にしようなんて気持ちはさらさらなく、それどころか薔薇の番の契約を結ぶ気もなかった。姉の婚約者は、その邪魔だったから殺されたんだ」

「……っ」

あまりにも身勝手な叔父の振る舞いに、ノイシュはきつく眉を寄せて俯いた。

（……ひどい）

ガイドを虐げるセンチネルがいるというだけでもショックだったが、それが身近な人物どころか叔父で、あろうことか殺人を犯していた、しかも自分を助けてくれた椿の大切な人の命を奪っていたなんて、到底受けとめ難い。

けれど、事実は事実だ。

いくら受けとめ難くとも、自分はそんな非道なことをする男の身内なのだ——。

「……申し訳ありませんでした」

ノイシュは顔を上げると、椿の目を見て謝罪した。怒りと申し訳なさとで、声が震える。

「グレゴリウスは両親の仇ですが、僕の叔父です。その叔父が取り返しのつかないことをしてしまい、本当に……」

「あんたが謝ることじゃないよ」

深々と頭を下げたノイシュを、椿が遮る。ノイシュは弾かれたように顔を上げて懸命に頭を振った。

「いいえ！　そういうわけには……！」

「あたしが憎いのは、あくまでもグレゴリウスだけだ。それに、あたしはあんたの父上に借りがある。

あたしを解放するようグレゴリウスに命じてくれたのは、あんたの父上なんだよ」

「……っ、父上が？」

聞き返したノイシュに頷いて、椿が話を元に戻す。

「あたしがグレゴリウスに捕らわれた後、連絡が途絶えたことを心配して、雨月がアーデンに来てくれてね。グレゴリウスに捕らわれたことまでは分かったが、王弟相手にそれ以上どうすることもできない。それで雨月は、当時アーデンの北の町はずれで暴れていた竜を倒すことを思いついたんだ」

「……竜を倒せば、王がなんでも願いを叶えてくれるという触れがあったからな」

椿の話を引き継いだ雨月が、じっとノイシュを見つめつつ言う。

「俺がいくら姉の窮状を役人に訴えても、グレゴリウスの息がかかっているのか、まるで相手にされなかった。だが、竜を倒せば王に直接会う機会が得られる。それで仲間を募って、竜を倒したんだ」

「……『アーデンの暴れ竜』を倒してくれたのは、雨月さんだったんですね」

五年前、ノイシュはちょうどセンチネルの能力に目覚め、そのコントロールに四苦八苦していた。初めて経験する苦痛は堪え難く、思春期故に能力も不安定で、満月以外の日も苦痛に襲われることが多く、自分のことで手一杯だった。

そのため、『アーデンの暴れ竜』と呼ばれる悪竜が北部の小さな町で暴れ回っているという話は聞いていたが、当時は気にする余裕がなかった。ようやく感覚を自分の意思でコントロールできるようになった時には、竜騒ぎはすっかり落ち着いており、詳しい話を聞く機会がなかったのだ。

だが、王家の宝物庫に保管されていた、その時倒された竜の牙は見せてもらったことがあるし、その竜のせいで町が甚大な被害を被ったことは知っている。

雨月はその悪竜を倒してくれたのだ——。

「ありがとうございます、雨月さん。アーデンを救ってくれて」

改めてお礼を言ったノイシュに、雨月が少しバツの悪そうな顔つきで言う。

「……俺はただ、姉を助けるためにやっただけだ。アーデンを救うつもりがあったわけじゃない」

「それでも、雨月さんがアーデンの恩人であることに変わりありません」

いくら仲間と一緒だったとはいえ、竜を倒すなんて並の人間にできることではない。雨月がいてくれなければ、アーデンの民の命はどうなっていたか分からない。

「グレゴリウスが椿さんと、椿さんの大切な方にした仕打ちは本当に申し訳なく思います。その上で、あなたがアーデンの窮地を救ってくれたことには、感謝しかありません。本当にありがとうございます、雨月さん」

頭を下げたノイシュに、雨月がぼそりと呟く。

「……父親そっくりだな」

「え……？」

「竜を倒した後、お前の父親もそっくり同じことを言っていた。そしてすぐ、グレゴリウスに姉を解放するよう命じたんだ」

「父が……」

事の次第を知った父がすぐに行動したと聞いて、ノイシュはようやく少しほっとする。

叔父がしたことは取り返しのつかない、あってはならないことだが、それを知った父がすぐに手を打ってくれたのは本当によかった。でなければ、今頃椿もどうなっていたか分からない。

ノイシュを見つめて、椿が言う。

「フォルシウス陛下はグレゴリウスだけじゃなく、他の貴族たちにも捕らえたガイドを解放するよう命じて下さった。けど、センチネルにとって相性のいいガイドは生命線だ。奴らはあたしたちを再度捕らえようと躍起だった」

「俺たちは他国に逃げようとしたが、解放されたガイドたちの大半はこの国出身で、母国を離れたがらなくてな。放っておくわけにもいかないから、センチネルの手が及ばないこの山奥に、隠れ里を作ったんだ」

椿に続いて言った雨月に、ノイシュは頷いた。

「……そうだったんですね」

ここにどれくらいの数のガイドが住んでいるのかは分からないが、多かれ少なかれ椿と似たような目に遭ってきた人たちなのだろう。

そんなひどいことが、自分の愛する国で実際に起こっていたのだ。

（……僕は本当に、この国のことをなにも知らない）

一週間前、最後に叔父に会った時に、この国の現状を把握しているのかと問われたことを思い出す。

あの時も自分は無知だと思ったけれど、心のどこかで、自分は王子なのだから政に関わる権利があるという傲りのようなものがあった。

けれど、その時思った以上に自分は無知で、子供だった。そんなことも分かっていなかった自分が、恥ずかしくてたまらない。

（でも……、でも、知らないことは、知る努力をするしかない。知らないからと言って、立ち止まるわけにはいかない）

知らないことは知って、学んでいけばいいという、父の言葉を思い出す。

今の自分になにができるか分からないけれど、センチネルに虐げられていたガイドたちが未だに人目を避けて隠れ住んでいることは、重く受けとめなければならない——。

「さて、ノイシュ」

考えに耽っているノイシュに、椿が声をかけてくる。

「これからのことだが……、あんた行くとこないんだろう？　だったらしばらくここにいるといい」

「え……？」

「この隠れ里は、一応あたしが長でね。あんたを匿うことくらいならできるさ」

「それは……、でも……」

椿の申し出に、ノイシュは戸惑ってしまう。

それはノイシュとしては願ってもないことだが、さすがに迷惑が過ぎるのではないだろうか。

追われる身である自分がここにいたら、隠し里のことも気づかれてしまうかもしれない。そうなったら、またセンチネルたちに捕らわれかねない。

助けてくれた恩人を危険に晒すわけにはいかないと躊躇ったノイシュを後押ししたのは、意外にも雨月だった。

「さっきも言っただろう。俺たちはお前の父親に借りがある。その借りを返すだけのことだ」

素っ気なく言った雨月が、じっとノイシュを見据えて付け加える。

「だが、勘違いするな。俺は、お前と薔薇の番の契約など結ぶつもりはない」

「……っ」

面と向かって宣言されて、ノイシュは小さく息を呑んだ。やはり雨月も、自分たちが薔薇の番同士だと気づいていたのだ。

緊張に身を強ばらせたノイシュを見つめたまま、雨月が続ける。

「確かに、お前は俺の運命の相手かもしれない。だが、その運命を受け入れるかどうかは俺が決めることだ」

きっぱりと言いきられて、ノイシュは言葉を呑み込んだ。

(……雨月さんの、言う通りだ)

正直に言えば、雨月の助けは喉から手が出るほど欲しい。

この窮地に、ずっと探し続けていた薔薇の番に巡り会えたのだ。リンツもいない今、彼が自分のガイドとなってくれたらどんなに心強いだろうと思う。

けれど。

(雨月さんにとってセンチネルは、お姉さんとその恋人をひどい目に遭わせた存在だ。しかも僕は、グレゴリウスの甥でもある)

もし自分が雨月だったら、そんな相手が自分の薔薇の番だなんて到底受け入れられない。

それなのに雨月は、ノイシュを助けたばかりか、ここにいていいと言ってくれている。ノイシュがここにいたら里を危険に晒す可能性があるにもかかわらず、救いの手を差し伸べてくれているのだ。

そんな相手に、これ以上を望むことなんてできない――。

ノイシュは顔を上げると、雨月の深い夜の海のような瞳を見つめ返して頷いた。

「……分かりました。雨月さんの仰る通りです。それに、あなたに巡り会えただけでも、僕にとってはとても嬉しいことですから」

自分にはいないと諦めていた薔薇の番が確かに存在していて、窮地を救ってくれたのだ。

それに、わずかな間とはいえ、五感がもたらす苦痛がまったくない一時は、ノイシュにとって宝物のような時間だった。あんなに穏やかな時間を過ごすことができたのは、雨月のおかげだ。

(正直、あの時間がずっと続けばいいと思わずにはいられないけど……。でも、僕のガイドを引き受けるかどうかは雨月さんが決めることだ)

薔薇の番である雨月に拒まれたということは、この先ノイシュは一生センチネルの能力に苦しめられ続けるということだ。だが、その覚悟ならもうとっくにできている。

ノイシュはまっすぐ雨月を見つめて言った。

「お言葉に甘えて、しばらくお世話になってもいいでしょうか。なるべく早く、身の振り方を考えて出ていくようにしますので」

これからどうしたらいいかはまだ分からないが、厄介者の自分を匿ってもらえるなんて、こんなにありがたいことはない。追っ手がどこまで迫っているかも、この先誰を頼ればいいかも分からない今、二人の厚意に甘えるしかないだろう。

　お願いします、と頭を下げたノイシュに、雨月が黙り込む。ややあって、雨月はふいっと横を向いて唸った。

「……好きにすればいい」

「よろしく、ノイシュ」

　にっこり笑った椿が、握手を求めて手を差し伸べてくる。

　よろしくお願いします、とその手を握り返したノイシュの膝の上で、九助が三人を見上げてキュルンと不思議そうに大きな瞳を煌めかせた——。

◆◆◆

　それは、陽の傾き始めた夕方のことだった。

　その日、ノイシュは見晴らしのいい丘の上に座り込み、目を閉じてじっと耳を澄ませていた。

　眼下の山間には、小さな町が見える。常人の視力で建物の影がようやく判別できるかどうかといった距離のその町の様子を、ノイシュは先ほどからずっと窺(うかが)っていた。

『ええと、あと買う物は……』

『いらっしゃい、安いよ！』

『お母さん、おなかすいたー』

　ちょうど買い物客の多い時間帯なのだろう。ガヤガヤと聞こえてくる様々な声が、ノイシュの頭の中で膨れ上がる。

　押し寄せてくる無数の声に思考が掻き乱され、混乱しそうになるのを必死に堪えながら、ノイシュは王都の様子について話している人がいないか、懸命に探り続けた。

――ノイシュが隠れ里に身を寄せて、数日が経った。あれから椿は、里の人たちにしばらく恩人の息子が滞在すると説明し、自分と雨月が住む館の一室をノイシュに用意してくれた。

彼らの館は、出身の東方の国の建物を模した造りらしい。床に敷かれている草を編んだマットは畳というらしい。ノイシュにあてがわれた客室はその畳の上に絨毯（じゅうたん）を敷き、ベッドやソファが置かれた、異国情緒溢れる部屋だった。

『この里にいるのは、センチネルに虐げられていたガイドや、その家族たちばかりだ。だから、もしかしたらあんたに心ない言葉を投げる者もいるかもしれない』

とりあえずその痣は隠しておこうという椿の指示で、ノイシュは首を怪我したことにして包帯を巻くことになった。

『あんたがセンチネルってことはすぐ分かるだろうから、最初に話しておく。だが、王子だということは伏せておいた方がいいだろう。……グレゴリウスに捕らわれていた子もいるからね』

目を伏せて言った椿に、ノイシュは分かりましたと頷くほかなかった。

本当なら、叔父や他の貴族たちの非道を詫びなければならない立場だし、できることなら一人一人と話をし、ちゃんと怒りを受けとめたい。けれど、それはノイシュの勝手な思いだ。

（僕の姿を見て、つらいことを思い出してしまう人だっているだろう。今までセンチネルにひどい目に遭わされた人たちに、これ以上嫌な思いをさせたくない……）

そう考えたノイシュは、名前をルイスと偽り、できるだけ人目を避けて行動することにした。

朝早く起きて里から離れたこの丘に登り、日が暮れるまで麓（ふもと）の町の様子を窺う。たまに里の人たちを見かける時もあったが、やはり彼らは強ばった表情でノイシュを遠巻きにしていたため、会釈するだけにとどめておいた。

（あの人たちが平穏な暮らしを続けられるように、僕は早くここを出ていかないと……）

　そのためにも状況を把握しなければと、ぐっと眉を寄せて、ノイシュは聞こえてくる様々な声に一層感覚を研ぎ澄ませた。だが、無数の音が耳に飛び込んでくる中で集中するのは至難の業で、目を閉じていても強い目眩に襲われてしまう。

「……っ！」

　こめかみの辺りにズキンと強い痛みを感じて、ノイシュは苦痛に顔を歪ませた。

　ここ数日、早朝から日が暮れるまでずっとこうして感覚を研ぎ澄ませているせいで、かなり疲労が溜まっている。ガイドにサポートしてもらえればここまで疲弊しないだろうが、リンツもおらず、この里のガイドたちに頼むわけにもいかない今、ノイシュは一人でセンチネルの能力を使うほかない。

（っ、これくらい、父上と母上の無念を思えばなんてことない……！）

　次第にひどくなっていく頭痛に歯を食いしばりながら、ノイシュは必死に声に耳を澄ませ続けた。

『昨日のことだけど……』

『これ、もう少し安く……』

『そういえば、あの噂は本当か？　王が急死したっていう……』

　聞こえてきた男性の声に、ノイシュの心臓がドッと跳ね上がる。

　早鐘を打つ心臓を服の上からぎゅっと押さえながら、ノイシュは懸命にその男性の声を追った。

『ああ、どうもそうらしいな。俺も昨日隣町で聞いてきたところだ』

『なんでも、隣国に我が国の国土を売り渡そうとして粛清されたとか……』

（な……！）

とんでもない言葉が聞こえてきて、ノイシュは思わず目を見開く。視界からの情報が入ってきた途端、男たちの声が遠のいてしまって、ノイシュは慌ててまた目を瞑った。

必死に先ほどの声の主を探り、もう一度耳を澄ませる。

『あのフォルシウス陛下がそんなことをするとは思えないがなあ』

『だが、ノイシュ王子も逃亡しているらしいじゃないか。身を隠してるってことは、やはり後ろ暗いところがあるからなんじゃないか？』

（っ、違う……！）

訝しむ彼らに、ノイシュは心の中で懸命に否定の声を上げた。だが、遠く離れた丘の上のノイシュの言葉など、彼らには届かない。

その後もしばらく耳を澄ませて話を聞いていたノイシュだったが、結局彼らもはっきりした情報を持っているわけではないらしく、やがて別の話題へと移っていった。

（……っ、せめて、もう少し……！）

数日探り続けて、ようやく掴んだ情報だ。もう少し話を続けてくれないか、誰か詳しい話を聞きたがる者が現れてくれないかと、ノイシュは額に脂汗を浮かべながらも彼らの声を追い続ける。

——と、その時だった。

「っ！」

突然、なにかがそっと、ノイシュの肩に触れる。驚いて顔を上げたノイシュは、間近に片膝をついていた人物に目を瞠った。

「雨月さん……」

どうやら遠くの音に耳を澄ませていたせいで、近くの物音に気づかなかったらしい。咄嗟に地面に置いた剣に伸ばしていた手を引っ込めたノイシュの肩に手を置いたまま、雨月が顔をしかめて呟く。

「……なんて顔色だ」

「え？」

小さい声でよく聞き取れず、聞き返したノイシュに一層眉を寄せて、雨月は素っ気なく言った。

「もう日暮れが近い。帰るぞ」

言うなり立ち上がった雨月を見上げて、ノイシュは戸惑いつつ言った。

「帰るって……。あの、僕はまだもう少しここで町の様子を……」

確かに雨月の言う通り、だいぶ陽が傾いてはいるが、日没まではもう少し時間がある。

ここのところずっと暗くなるまで町の様子を窺っていたことだし、今日もそうするつもりでいたノイシュだったが、そう言いかけた途端、じろりと雨月に睨まれてしまう。

「そう言って毎晩遅くまで帰ってこないだろう。客人に倒れられでもしたら、こっちが迷惑だ」

「……分かりました。すみません……」

そう言われてしまうと、ノイシュとしては返す言葉がない。しおしおとしょげ返って謝ったノイシュが立ち上がるのを待たず、雨月が歩き出す。

ベルトのホルダーに剣を下げつつその背を追いかけようとしたノイシュはそこで、あれ、と違和感に気づいた。

(……頭痛が、消えてる？)

雨月の登場に驚いたせいで気づくのが遅れたが、いつの間にか頭が割れそうなほどひどかった痛みが消えている。息苦しさや不快感も薄れていて、なんだか体も軽い。

(もしかして……、さっき雨月さんが？)

先ほど肩に触れた時、ガイドの力を使ってくれたのだろうか。

スタスタと遠ざかる雨月の背をじっと見つめて、ノイシュは確信した。

(きっと、そうだ。雨月さんが僕の不調に気づいてサポートしてくれたんだ)

そうでなければ、あれほどの頭痛がそう簡単に消えるわけがない。

しかし、どうして雨月はそんなことをしてくれたのだろう。彼はノイシュと薔薇の番の契約を結ぶつもりはないと、はっきり言っていたのに――。

と、その時、雨月がふと足をとめてこちらを振り返る。当惑して立ちすくむノイシュに気づいた雨月は、不機嫌そうに唸った。

「……おい、歩けないほど体調が悪いのか？」

「あ……！　いえ、大丈夫です！」

我に返ったノイシュは、慌てて雨月に駆け寄った。フンと鼻を鳴らし、また歩き出した雨月を後ろからこっそり見つめて、内心首を傾げる。

（もしかして……、雨月さん、僕を迎えに来てくれた？）

無愛想すぎて分かりにくいが、その言動の端々にはノイシュへの気遣いが滲んでいる。そもそもこんな、なにもない丘に、なにか用事があったとも思えない。

雨月は毎日帰りの遅いノイシュを、わざわざ迎えに来てくれたのだ。

（なんで……）

どうして雨月はそこまでしてくれるのかと戸惑いつつも、ノイシュはとりあえず雨月にお礼を言おうと口を開きかけた。

「あの……」

「雨月！」

しかしそこで、里の方から一人の少年が駆けてくる。年の頃は十二歳くらいだろうか。焦った表情の彼は、雨月に駆け寄りつつ問いかけた。

「そっちにアン、いなかった？」

「いや、見ていない。なにかあったのか？」

さっと表情を変えて聞き返した雨月に、少年がくしゃりと顔を歪めて言う。

「それが、泉に花を摘みに行くって朝に出ていったきり、戻ってこないんだ。昼には戻るって言ってたのに……」

青い顔で訴えた少年の肩を軽く叩いて、雨月がなだめる。

「落ち着け、ランディ。泉の方はもう探したのか?」

「うん。でも、誰もいなかった。まさかと思って泉にも入って探してみたけど、落ちた様子もなかったし……。今、里の人たちに手分けして探してもらってるんだけど、なかなか見つからなくて」

どうしようとうろたえるランディは、どうやらなりふり構わず走り回って探しているらしく、よく見ると下半身がずぶ濡れだ。

ノイシュは思わずランディに尋ねた。

「あの、その子は君の妹ですか? 年は? 今朝はどんな格好をしてましたか?」

「……お前に関係ないだろ」

一瞬驚いたようにノイシュを見やったランディが、きつく睨んでくる。しかしノイシュは、ランディをまっすぐ見つめ返して再度問いかけた。

「大事なことなんだ。教えてくれないかな」

「……っ、でも……」

「……アンは、ランディの妹だ」

戸惑うランディに代わって答えたのは、雨月だった。

「年は八歳。赤いスカートを気に入っていて、よく穿いている。それらしい子供を見かけたのか?」

「っ、そうなのか!? アンは今朝も同じスカートを穿いてた! あと、今日は白いレースのエプロンと頭巾を付けてる!」

雨月が言った途端、ランディが勢い込んで聞いてくる。

ノイシュは赤いスカートと白いレースのエプロンと頭巾、と繰り返して、二人に告げた。

「分かりました。すみませんが、しばらく静かにして待っていて下さい」

「おい、お前まさか……」

眉を寄せた雨月をよそに、ノイシュはスッと目を閉じて己の聴覚を研ぎ澄ませた。

(……まずは、声だ)

里に子供は少ないから、八歳の少女の声は比較的聞き分けやすいだろう。問題は、その子が今、声を発しているかどうかだ。

（小さくてもいい。僕が必ず聞き取るから、だからなにか声を出して……！）

先ほどの無数の人の声よりは幾分ましだが、それでも周囲のありとあらゆる音が飛び込んでくると、さすがに目眩がする。

ノイシュはよろめきそうな足にぐっと力を入れて、更に範囲を広げてそれらしい声を探した。

（どこだ……、どこにいる……？）

アン、と口々に少女の名を呼ぶ里の人たちの声を掻き分けるようにして、遠く離れた場所の音に耳を澄ませる。

木々のざわめき、虫の羽音、川のせせらぎ、鳥の声、――そして。

『ひ……、ううう……！』

野犬がけたたましく吠える声に混じってか細く聞こえてきた高い悲鳴に、ノイシュはハッと目を見開いた。慌てて声のした方向を見やり、今度は視覚を特化させようとする。

だが、先ほど聴覚を特化させた影響でガンガンとひどい頭痛が襲ってきて、うまく集中できない。いくら目を凝らしても、どうしても視界が薄く曇ってしまう。

「……っ」

「な……、なあ、あれってもしかして……」

大きく目を見開き、懸命に視覚を研ぎ澄ませようとしているノイシュを見つめながら、ランディがひそひそと雨月に聞く。

はあ、とため息をついた雨月が、ノイシュの肩にそっと手を置いた。

「あ……！」

途端、頭が割れそうだった痛みが掻き消え、視界がパッと明るくなる。ノイシュは今を逃すまいと、雨月にお礼を言うのも忘れて、遠く離れた森の中へと意識を集中させた。

先ほど聞こえてきた声からおおよその距離を予測し、邪魔な木々を透明化させ、森の奥を透視する。

(さっきの声は確かあっちから……、……いた!)

木々の間に赤い布がはためいたのが見えて、ノイシュは必死に目を凝らした。

するとそこには、木の枝にどうにかしがみつき、真っ青な顔で身を震わせている少女がいた。見れば、その下には数匹の野犬が群がって、しきりに吠え立てている様子だ。

(赤いスカートに、白いエプロンと頭巾……。あの子に間違いない……!)

確信したノイシュはそこで、少女の周囲に白い影が飛び回っていることに気づく。

パタパタと小さな翼をはためかせながら、懸命に野犬を威嚇(いかく)しているそれは、真っ白な仔竜で——。

「……っ、九助くん!」

パチッと瞬きを一つして視界を元に戻し、ノイシュは叫んだ。驚いている雨月とランディに、急いで告げる。

「いました、アンさん……! 野犬に追われて木の上に避難しています! 九助くんが一緒です!」

「案内してくれ!」

「はい!」

すぐさま駆け出したノイシュの後を追いつつ、雨月が唖然としているランディに叫ぶ。

「ランディ! 里の皆に伝えてくれ! すぐに応援に来てくれと!」

「わ……、分かった!」

弾かれたように走り出すランディを横目に、ノイシュはまっすぐ森へと向かった。

とにかく最短距離で辿り着こうと、藪や茂みも構わず突っ切り、雨月を先導する。

「あっちです!」

「……っ、ああ、声がしてきた……!」

吠え立てる野犬の声が、雨月の耳にも届いたのだろう。険しい表情になった雨月が、ぐんとスピードを上げてノイシュを追い越し、獣道を突っ切る。

無我夢中でその後に続いたノイシュの目に、一本の木の下に集まる野犬たちの姿が飛び込んできた。

「ギッ、ギュイギュイッ！」

「下がれ、九助！」

野犬たちを必死に威嚇する九助に命じた雨月が、腰に下げていた刀に手をかける。突然割って入った邪魔者に気づいた野犬たちが、グルルルッと唸り声を上げて牙を剝き、こちらに向かってきた。

その目を獰猛に光らせながら迫り来る野犬たちに、雨月がチッと舌打ちしてノイシュに声をかけてくる。

「お前も下がってろ！」

「いいえ！」

きっぱりと断って、ノイシュはハッと肩で息を整えると、鞘ごと剣を構えた。

「僕も戦います」

「っ、足手まといになるなよ……！」

険しい顔つきで唸った雨月が、スラリと刀を引き抜く。ギラリと光る刃に、ノイシュは思わず声を上げた。

「雨月さん、追い払えばそれで……」

「分かってる」

短く言った雨月が、チキッと刃を返す。夜の海のような瞳を鋭く眇めて、雨月は襲いかかってきた野犬を刀の背で強かに打った。

ギャンッと叫んだ野犬が、途端に尻尾を丸めて後退する。

「峰打ちだ。殺すつもりはない」

「……はい！」

雨月も同じ意図だったことにほっとして、ノイシュは大きく頷いた。

無益な殺生はしたくないし、なにより血が流れたら匂いで他の獣が集まってきてしまうかもしれない。木の上の少女は怯えきっており、いつ体力が尽きて枝から手を離してしまうか分からない。

（今はまず、あの子を助け出さないと……）

それには、この野犬たちを一刻も早く追い払わなければならない。

ノイシュは鞘に収まったままの剣を構え直すと、向かってきた野犬の鼻っ面を広い面で叩いた。ギャンッと叫んだ野犬が、地面に転がる。

（……ごめん！）

心の中で謝ったノイシュに、別の野犬が跳びかかってくる。

「っ、く……！」

鋭い爪と牙に怯みつつも、ノイシュは咄嗟に剣を盾代わりにして攻撃を防いだ。だが、野犬の勢いに押されて、その場に尻餅をついてしまう。

「ノイシュ！」

他の野犬に応酬しつつ焦ったような声を上げる雨月に、ノイシュは叫んだ。

「大丈夫です！」

迫る野犬を剣で防ぎつつ、その胴を下から思い切り蹴り上げる。ギャウッと野犬が跳びのいた隙にパッと身を起こし、ノイシュは走り寄ってきた別の野犬を迎え撃った。

「……去れ！」

跳びかかってきた三匹をまとめて撃退した雨月が、じりじりと距離を測る野犬たちに向かって吼える。尻尾を脚の間に挟んだ野犬たちは、雨月の一声にまるで雷に打たれたように、一斉に森の奥へと逃げていった。

「……行ったか」

「っ、アンさん……！」

刀を鞘におさめる雨月をよそに、ノイシュは先ほどの木に駆け寄った。

見上げると、少し裂けてしまったスカートにしがみつくようにして、九助が少女を必死になだめようとしている。

「キュウウ、キュキュ……」

黒い瞳を潤ませて少女を気遣う幼竜に微笑んで、

ノイシュは低い枝に手をかけた。

「アンさん、もう大丈夫ですよ。野犬は皆、追い払いました」

「……っ、ほんと……?」

レースの頭巾が揺れ、少女がこちらに顔を向ける。涙で濡れたその顔に、ノイシュはにっこりと微笑みかけた。

「ええ、本当です。お手をどうぞ、レディ。ランディさんのところまでお送りします」

女性に対する振る舞いは、物心ついた頃から叩き込まれている。ダンスにでも誘うかのような仕草で手を差し伸べたノイシュに、アンがぽっと頬を染めておずおずとその小さな手を伸ばしてきた。

アンを抱きとめたノイシュは、彼女を地面に立たせてその傍らに膝をつき、服についた葉や汚れを払って問いかけた。

「お怪我はありませんか、勇敢なレディ」

「……うん」

それはよかったと微笑んだノイシュに、雨月が若干呆れたような声で呟いた。

「お前のそれは天然か……?」

八歳を誑かすなと呻く雨月の元に、九助がパタパタと飛んでいく。オレはやったぜ！　ちゃんと守ったぜ！　とでも言いたげな顔をした仔竜は、雨月の肩に着地するなり彼にゴンゴンと額をぶつけて、撫でろと催促した。

「ああ、よくやった。……痛いからやめろ」

ぐりぐりと九助の頭を撫でつつぼやく雨月に、ノイシュがくすくすと笑みを零したところで、遠くから複数の男たちの声が聞こえてくる。

先頭を走るランディの姿が見えた途端、弾かれたように走り出したアンの後ろ姿を見つめて、ノイシュはようやくほっと、息をついたのだった。

帰り道は、もうとっぷりと日が暮れていた。

疲れたのか、ノイシュの腕の中にすっぽりおさまってプスプスと不思議な寝息を立てている九助を起こさないよう、ノイシュは隣を歩く雨月にそっとお礼を言う。

「あの、雨月さん。さっきはサポートして下さって、ありがとうございました。アンさんを探す時もですが、丘に迎えに来て下さった時も力を使って下さったんですよね？」

「……なんのことだ」

ノイシュの指摘に気まずそうに視線を逸らしつつ、雨月が続ける。

「アンを探す時のことなら、こちらが礼を言うべきことだ。お前のおかげで、アンが無事だったんだからな」

素っ気なく言う雨月の手元には、ランディの家で借りたランプがある。

ランディとアンを無事家まで送り届けた二人は、口々にお礼を言う里の人たちと別れ、少し離れたところにある椿の館へと戻っている最中だった。

家々から少し離れた草原の道は、無数の星が瞬く空がよく見える。半月に近づきつつある月はまだ低い位置にいて、黄色く大きく見えた。

暗くなる前に見つけられてよかったと心底安堵しつつ、ノイシュは先ほどのことを思い返す。

「……ランディさんとアンさんは、ご家族でこの里に住んでいるんですね」

アンの行方が分からないと聞いて、ずっと探し回っていたのだろう。帰り道の途中で合流した二人の両親は、娘の無事な姿を見て号泣していた。

ノイシュの斜め前をゆっくり歩きながら、雨月が答える。

「ああ。あの兄妹は、特に力の強いガイドでな。グレゴリウスに目をつけられてさらわれて、姉上と一緒に捕らわれていたんだ。王命で一緒に解放された時に、一家で移住しないかと誘った」

「……っ、あの子たちもグレゴリウスに……」

椿がグレゴリウスに捕らわれていたのは、五年前だ。その頃というと、ランディは七歳くらい、アンはまだ三歳くらいだろう。

そんなに小さい子たちまで叔父の被害者だったのだと知って、ノイシュはいたたまれなさに唇を引き結んで俯いた。知らずぎゅっと抱きしめてしまった九助が、キュム、と不満そうな寝言を漏らしてノイシュの胸元にしがみついてくる。

ごめんね、と慌てて謝って抱え直して、ノイシュは声を沈ませる。

「……僕は、自分が恥ずかしいです。こんなことになるまでなにも知らなかったなんて……」

もっと叔父の言動に気をつけていれば、と悔恨が込み上げてくる。

叔父が要注意人物であることは、分かっていたつもりだった。だが、血の繋がった親族同士でいがみ合うべきではない、どんな相手も歩み寄って尊重すべきだと思って、これまで深く踏み込まずに来てしまった。

（もし、僕がもっとちゃんとグレゴリウスの行動を見張っていれば……）

「……お前が知っていたからといって、どうにかできるような問題じゃなかった」

「え……」

と、ノイシュの思考を遮るように、雨月が言う。

思わず足をとめたノイシュに気づいた雨月が、歩みをとめてこちらを振り返った。

「当たり前だろう。お前の父でさえ、どうにもできなかった相手だぞ。王子のお前が諫められたと思うのか」

「それは……、ですが」

言い淀んだノイシュに、雨月が歩み寄ってくる。ランプの明かりに照らされたノイシュを見て、雨月はムッと眉を寄せた。

「また顔色が悪い」

「……っ」

唸った雨月にぐいっと抱き寄せられて、ノイシュは驚いて身を強ばらせた。二人の間に挟まれた九助が、ムキュ、ともぞもぞ身じろぎしておさまりのいい位置を探す。

触れ合ったところから流れ込んでくる雨月の穏やかな力を感じて、ノイシュは慌てて告げた。

「あの……っ、雨月さん、大丈夫です。これくらいなら、いつも侍従にも頼っていませんから。一人で静かに休んでいれば、すぐに治るので……」

「……俺はお前の侍従じゃない」

不機嫌そうに言った雨月が、ぎゅっと腕に力を込める。

体格差があるとはいえ、片腕ですっぽりと包み込まれてしまって、ノイシュはどうしていいか分からずおろおろとうろたえた。

「そ……、そうですけど……。でしたら、手を繋いで下されば……」

「そうは言っても、お前は両手が塞がってるだろう。俺だって片手が塞がってるんだから、これが一番手っ取り早い。いいから黙ってじっとしていろ」

素っ気なく言った雨月が、一層強くノイシュを抱きしめる。力強くあたたかいその腕と間近で紡がれる心地いい低い声に、ノイシュは思わず顔を赤くしてしまった。

ノイシュはセンチネルの能力に目覚めて以来、触覚も鋭くなり、人との接触を避けるようになっていた。動物や植物は平気だが、人間は好悪にかかわらず触れると火傷しそうなほどの熱を感じてしまい、リンツにさえ手を握られるので精一杯だったのだ。

だから、こうして誰かに抱きしめられるなんて、幼い頃を除けば両親にさえされたことがない。こんなこと他の誰かにされたら絶対に気分が悪くなるに違いないのに、雨月相手だと欠片(かけら)も苦痛を感じないから不思議だ。

(……あったかい)

ほのかに香る雨月の匂いにも心地よさを感じている自分に戸惑いながら、ノイシュはその広い胸元にぎこちなく頭を預けた。

こんなふうに誰かの温もりを感じることなど、きっと自分には一生ないだろうと思っていた。

誰かの温もりが、声が、匂いが、一つの棘もなくこんなにも穏やかなものに思える日が来るなんて、思ってもみなかった――。

「……お前はなにもかも一人で背負い込みすぎだ」

おとなしくなったノイシュをやわらかく抱きしめながら、雨月が言う。

「確かにお前は王族で、強いセンチネルだ。だが、一人でできることには限界がある。なにもかも自分のせいだと思うのは、ただの傲りだ」

「……っ、はい」

厳しくも正しいその指摘に、ノイシュはハッとして頷いた。

悔しいけれど、確かに雨月の言う通りだ。なにもかも自分が解決できるなどと思っていたつもりは決してないが、全部自分のせいだというのはそれに限りなく近い、傲った考えだ。

(……僕は、知らず知らずのうちに自分の力を過信していたのかもしれない)

唇を引き結んで自省したノイシュの肩をトントンと軽く指先でなだめて、雨月が続ける。

「一人で能力を使うこともそうだ。そもそもセンチネルの能力自体、ガイドのサポートあってこそのものだろう。一人では扱いきれない力だから、ガイドが必要なんだ」

「……でも、僕は今、一人です」

雨月の言葉に、ノイシュは少し迷いつつもそう返した。自虐的な響きにならないよう、雨月を責めているように聞こえないよう、気をつけながら言葉を紡ぐ。

「これまでも、一人で能力を使わなければならない場面は何度もありました。だから、あれくらいなら大丈夫で……」

「そんなこと、大丈夫になるな」

ノイシュを遮る雨月の声は、まるで唸るような低いものだった。ノイシュの背を抱く腕に、ぐっと力が籠もる。

「耐えればいい、やり過ごせばいいと思っていると、苦痛に気づかなくなる。一人で背負い込みすぎるなと言っただろう。能力を使う時は、俺を呼べ」

「……っ」

思ってもみなかった言葉に、ノイシュは驚いて顔を上げる。

雨月は自分のガイドになることを拒んでいたのではなかったのか。先ほど丘の上まで呼びに来てくれた時もなにも言わず力を使ってくれたが、何故そこまでしてくれるのか。

「どうして……」

思わず呟いたノイシュに、雨月が眉を寄せる。

「俺は別に、お前を手助けすることまで拒んだつもりはない」

素っ気なくそう言った雨月は、じっとノイシュを見つめて続けた。

「薔薇の番だとか、そういうものに縛られる気はないが、目の前で青い顔をしてる奴を助けないような人でなしになるつもりもない。必要な時は力を貸してやる。だからお前は、ちゃんと周りに頼ることを覚えろ」

「周りに、頼る……」

あたたかい腕の中、ノイシュは茫然と雨月の言葉を繰り返した。

（……そんなこと、初めて言われた）

これまでノイシュは、正反対のことを考えて生きてきた。

自分は王子で、いずれ国を背負って立つ身だ。

いくらこのセンチネルの能力が特殊で、耐え難い苦痛を伴うものだとしても、自分自身で制御していかなければならない。

たとえどんなに相性のいいガイドがいたとしても、そのガイドもまた、自分が守るべきアーデンの民だ。頼りきりになるわけにはいかない、と。

今までそれが当然だと思っていたし、そうあるべきだと思っていた。

自分は立場のある人間なのだから、誰かを頼ってはいけない。

どんなに苦しくとも、周囲の貴族たちに侮られないよう、平然と振る舞わなければいけない。

父のように、誰からも頼りにされるような人間にならなければいけないと、そう思っていた――。

「僕、は……」

本当に雨月を頼っていいのだろうか。でもそれでは、あまりにも自分にとって都合がよすぎるのではないかと迷いつつノイシュが口を開いた、その時だった。

「キュッ!?」

突然、ノイシュの腕の中ですやすやと眠っていた九助がぱちりと目を開ける。驚いたような声を上げた九助が身じろぎした次の瞬間、上空から強い風が吹きつけ、飛来した大きな影が月明かりを遮った。

「っ、な……!?」

即座に反応した雨月が、パッとノイシュから身を離しつつ刀の柄に手をやって驚愕する。

一瞬遅れたノイシュも、影を見上げた途端、息を呑んだ。

「……っ！」

――そこにいたのは、巨大な深紅の竜だった。

先日雨月が姿を変えていた黒竜よりも更に一回りほど大きく、片目は傷で潰れている。ドッと地面に降り立ち、一つきりの黄金の瞳でじっとこちらを見据える紅の竜に、九助が歓声を上げた。

「キューッ！」

『これは珍しい。我が一族の仔が、人間と共にいるとは……』

「え……？」

グルルルル……、と耳から聞こえる低い唸り声とは別に、嗄れた老人の声が頭の中に直接響いて、ノイシュは混乱した。だが、素早く辺りを見回してみても、その場には自分たちしかいない。

「……下がれ、ノイシュ」

竜を警戒しつつ、雨月が言う。

「何故こんなところに竜が……」

『我はその仔竜が危険を知らせていたから来たまでのこと。それより人間、何故お前から我が一族の気配がするのだ？』

（これ……、もしかして、この竜の声!?）

再度頭の中に響いた声が語る内容から、ノイシュはようやくなにが起こっているのか悟る。

おそらく今、自分はこの竜がなにを言っているのか、頭の中で理解しているのだ――。

「あの……っ、この仔は九助と言います。僕はノイシュ、こちらは雨月さんで、縁あって九助くんを育てている方です」

「……ノイシュ？」

突然、一歩前に出て竜に向かって話しかけたノイシュに、雨月が怪訝な顔をする。どうやら彼には竜がなにを言っているのか分からないらしい。

反対に、竜はノイシュの言葉を聞いて黄金の目を大きく瞠った。

『我の言葉が分かるのか？　まさか、お前はセンチネルか？』

「はい。仰る通り、僕はセンチネルです。初めまして、赤い竜さん」

九助を抱いたまま言ったノイシュに、竜がまだ驚いた様子ながら告げる。

『我の名はレイヴンだ』

「レイヴンさん。雨月さん、こちらの竜さんは、レイヴンさんというお名前だそうです」

「……言葉が分かるのか？」

大きく目を見開いた雨月が、ノイシュをまじまじと見つめて聞いてくる。ノイシュはこくりと頷いて言った。

「はい。レイヴンさんの声が頭の中に直接響いているんです。どうしてかは分かりませんが……」

『それは、お前が強いセンチネルだからだ』

スッと目を細めたレイヴンが、ノイシュの疑問に答える。

『その昔、我が一族の者が、五感のすべてが桁違いに鋭いセンチネルと話したと聞いたことがある。お前もそうなのだろう？』

「はい、僕もそうです。……僕が強いセンチネルだから言葉が分かるのだろう、と」

ノイシュがレイヴンから聞いた話を伝えると、雨月はようやく身を起こした。しかし、その手はまだ腰の刀に添えられている。

「……それで、この竜は何故ここに来たんだ？」

「あ……、ええと、確か九助くんの声を聞いたと言っていました。多分さっき、野犬に追われていた時の声じゃないでしょうか」


先ほどのレイヴンの言葉を思い出して告げたノイシュだったが、その時、それまで腕の中でおとなしくしていた九助がじたばたともがき出す。

「キュキュッ！」

「あっ、九助くん！」

するりとノイシュの腕から抜け出した九助は、ピューッと一直線にレイヴンの鼻先に飛んでいった。

「戻れ、九助！」

血相を変えて駆け寄ろうとする雨月をちらりと見やって、レイヴンが唸った。

『……危害は加えぬ』

「雨月さん！　危害は加えないそうです！」

「……っ、しかし……」

竜の言葉を信じていいものかどうか、測りかねているのだろう。刀を抜きかけた雨月が、くっと眉を寄せて躊躇う。

ノイシュは雨月の腕を押さえて言った。

「大丈夫です。レイヴンさんは嘘をついていません。

僕には分かります」

キュキュキュ、となにやら嬉しそうに尻尾を振って話しかけている九助に時折相槌を打つレイヴンからは、慈愛に満ちた穏やかな気配が伝わってくる。

助けを求める九助の声を聞いて来たという話だったし、どうやらレイヴンは同族への仲間意識が強そうだ。少なくとも九助に危害を加えることはないだろう。

「このまま少し、様子を見ましょう」

「……分かった」

ノイシュの言葉に、雨月が少し迷いつつも頷く。

ややあって、レイヴンにキュウキュウ喋り続けていた九助が、満足気な顔で戻ってきた。

「キュッ」

「……なにもされなかったか?」

飛んできた九助を抱きとめるため、ようやく刀から手を離した雨月がほっとした様子で聞く。当たり前だと言わんばかりにキュキュッと鳴いた九助を見やって、ノイシュは苦笑した。

「九助くんの言葉は分からないや……」

『竜族の成長は遅い。そやつはまだ赤子だからな』

おかげで話を聞き取るのに苦労したと笑ったレイヴンが、スッと目を細めて言う。

『大方の事情は聞いた。……そこの人間は、我が一族の黒竜を退治したそうだな』

「……っ、待って下さい!」

唐突に雨月の過去に話が及んで、ノイシュは思わず雨月の前に進み出た。

「それは……っ、それは、事情があってのことなんです！　その黒竜は、人間の町で暴れていて……」

レイヴンは仲間意識が強いようだし、もしかしたら雨月に敵意を抱いたかもしれない。もし今、この竜に攻撃されたら、さすがに雨月もノイシュも無事では済まない。

ノイシュの言葉で、雨月も大体の会話の内容を察したらしく、サッと表情を険しくする。

しかしレイヴンは、静かな眼差しで言った。

『ああ、それもその仔竜から聞いた。元々、その黒竜は我が一族でも持て余していた邪竜だ。人間に倒されたのも致し方ないことだろう。それに、雨月は我が一族の仔の命を救い、育ててくれた。一族の恩人でもある彼を責めることはできない。竜族は、仔が生まれること自体が稀なのだ』

雨月への謝意を示すように、レイヴンがゆっくりと瞬きをする。ノイシュはほっとして、レイヴンの言葉を雨月に伝えた。

警戒を解いた雨月が、レイヴンに言う。

「……こちらの事情を理解してくれたこと、感謝する。だが、いくら邪竜だとしても、俺が九助から親を奪ってしまったことは事実だ。俺が九助を育てているのはその罪滅ぼしのためで、貴方に礼を言われるような立派な行為ではない」

「雨月さん……」

言葉にしづらいこと、しなくともいいことをはっきりと真正面から正直に告げる雨月に、ノイシュは少しハラハラしてしまう。だが、雨月はちらりとノイシュを見やると、またすぐレイヴンを見上げて言った。

「その上で、貴方にお願いがある。九助を、貴方の仲間のところに連れていってくれないだろうか」

「キュッ!?」

雨月の言葉を聞いた九助が、驚いたように目を見開く。ノイシュも驚いて目を丸くしたが、雨月は構わずに続けた。

「九助はずっと俺たち人間に囲まれて育った。だが、本来は同族の元で育つべきだ。勝手を言ってすまないが、竜に仔が生まれるのが稀だというのなら、余計に俺が育てるべきではない」

「ギャウ！」

雨月が言うや否や、九助が真っ黒な目を三角にして怒り出す。

「ギュム！　ギュイギュイ！」

パタパタと羽ばたいて宙に浮かんだ九助は、その小さな前脚で雨月の髪をぎゅーっと引っ張って抗議した。

「ギャウワウ！」

「ちょ……っ、九助くん、落ち着いて……っ」

顔をしかめる雨月を見かねて九助をとめようとしたノイシュだったが、その時、じっと雨月の話に耳を傾けていたレイヴンが口を開いた。

『悪いが、それはできない。それに、その仔竜は黒竜の子供ではない』

「えっ!?」

驚いて声を上げたノイシュに、雨月がなんだと目で聞いてくる。ノイシュはまだ憤慨（ふんがい）しきりの九助を両腕で抱きしめて、レイヴンの言葉を伝えた。

「それはできない、と。それと、九助くんは黒竜の子供ではないそうです」

「……どういうことだ」

愕然とする雨月に、レイヴンが告げる。

『そなたの倒した黒竜は、一族の爪弾き者だった。流れ着いたアーデンで暴れていたが、ある時気まぐれから弱って倒れていた雌の竜を助けた。雌は身ごもっていたが大怪我を負っていて、卵を産んですぐ黒竜に仔を託して死んでしまったらしい。……我々竜は、卵の時から記憶がある。その仔竜が教えてくれた』

レイヴンに水を向けられた九助が、ノイシュの腕の中でキュッと得意気に鳴く。幼い同族に目を細めて、レイヴンが続けた。

『雨月が黒竜を倒したのは、仔竜が孵化してすぐだったようだ。黒竜はそれまで、卵の仔竜に自分は邪竜で、いつか人間に倒されても仕方ないと常々言っていたらしい。雨月が自分の前に現れた時、覚悟を決めたようだ』

ノイシュは、レイヴンの言葉をそのまま雨月に伝えた。黙って話を聞く雨月を、九助がじっと見つめる。

『黒竜が雨月に呪いをかけたのは、雨月が仔竜を見つけてすぐ、仲間に仔竜を攻撃するなと指示を出したからだったらしい。この男ならば自分に代わって仔竜を育ててくれるかもしれないと、一縷の望みを抱いたのだろう。呪いをかけたのは、満月の夜だけとはいえ同族の姿になる者が近くにいれば、仔竜も安心するだろうと考えてのことだったようだ』

「……この呪いは、俺を恨んでのことではなかったのか」

呟いた雨月が、鱗の散る自分の頬をそっと指先で撫でる。

黄金の瞳でそのまばらに散る鱗を見つめて、レイヴンが言った。

『……その呪い、かなり進行しているな』

「え……」

レイヴンの一言に驚いたノイシュに、雨月がすぐに問いかけてくる。

「彼はなんと？」

「あの……、呪いが、かなり進行している、と」

咄嗟に嘘もつけず、うろたえながらもそのまま伝えたノイシュに、雨月は静かに頷いた。

「ああ、そうだ。最初、この鱗は腕のごく一部にしかなかった。……今はだいぶ、広がっている」

「っ、そんな……」

初めて知った事実に目を瞠ったノイシュだったが、レイヴンは重々しく頷いて言った。

『やはりな。どうやら、お前は我々の力に馴染みやすかったらしい。黒竜も呪いが進行することは想定していなかったのだろう。……すまぬな』

「あの……っ、呪いが進行すると、どうなるんですか？」

ドッドッと心臓が早鐘を打つのを感じながら、ノイシュはレイヴンに聞いた。ゆっくりと瞬きしたレイヴンが、低い唸り声で告げる。

『竜の姿から戻れなくなる』

「……っ」

雨月に悟られないよう、懸命に動揺を表情に出さないよう努めたノイシュだったが、雨月は大方の予想がついていたらしい。

「そのまま竜になるのと死ぬのと、どっちだ」

「あの……、……竜になる、と」

核心を突かれたノイシュは、躊躇いつつも正直に告げた。

「そうか。だろうなと思っていた」

厳しい表情を浮かべながらも頷いた雨月に、ノイシュは謝る。

「……すみません」

肩をすぼめて謝ったノイシュに、雨月がふっと笑みを浮かべる。

「お前が謝ることじゃないだろう」

「え……」

低く優しい声と共に向けられた、苦笑混じりのやわらかい笑みに、ノイシュは少し驚いてしまう。

こんなに優しい笑みを雨月が自分に向けてくれるなんて、思ってもみなかった——。

「むしろ謝るのは俺の方だ。こんな重い話に付き合わせているしな。言いにくいことを言わせて、悪かった」

さらりと謝った雨月が、レイヴンに向き直って表情を改める。

「レイヴン、俺があとどれくらい人間でいられるか分かるか?」

『……もってあと一年というところだろうな』

じっと雨月を見据えて、レイヴンが続ける。

『だがそれは、このままこの国に居続けたらの話だ。見たところ、お前にかけられている呪いはこの土地の力の影響が強い。おそらく黒竜が長年この国に棲んでいたせいだろう。この国を離れれば、人間として寿命を全うできるはずだ』

「……っ、雨月さん、アーデンを離れれば、人間でいられるそうです!」

思わず声を弾ませたノイシュは、慌ててレイヴンの言葉を雨月に伝え直す。ノイシュの話を聞き終えた雨月は、複雑そうな顔で唸った。

「ここを離れる、か……」

センチネルたちに追われてこの隠れ里に移り住んでいるガイドたちのことが気がかりなのだろう。手放しに喜べないでいる雨月を見据えて、レイヴンが言う。

『お前にも事情があろうが、どのみちこの地に残ったところで、姿が変われば人間と共に暮らすことは難しくなるだろう。竜になりたいというのならとめはせぬが』

その時は我らの仲間として迎え入れよう、と目を細めて、レイヴンはノイシュの腕に抱かれている九助を見やった。

『その仔竜も、いずれ大きくなる。その大きさでいられるのは、あと数年だろう。それ故、我はその仔を連れてはゆかぬ。その仔は、残りわずかな時間をお前たちと共に過ごしたがっているからな』

「……キュ」

レイヴンの言葉を肯定するように、九助が一声鳴いて翼を羽ばたかせる。ノイシュの腕からパタパタと飛んでいった九助は、雨月の肩にぽすんと着地するなり、その頭にぎゅっと抱きついた。

「……こいつは、俺のことを恨んでいるんじゃないのか？」

少し戸惑った様子で、雨月が聞く。

「実の親ではなかったとはいえ、黒竜はこいつにとって育ての親も同然だ。それを俺は……」

「っ、でも、九助くんにとっては、雨月さんも育ての親です」

目を伏せた雨月に、ノイシュはたまらず声を上げた。驚いたようにこちらを見た雨月をまっすぐ見つめ返し、懸命に言葉を紡ぐ。

「確かに、黒竜は九助くんにとって恩人だったと思います。でも雨月さんだって、九助くんにとっては命を救ってくれて、ずっと側にいてくれた、大切な人です」

レイヴンと違い、九助の言葉はノイシュには分からない。けれど、九助がどれだけ雨月に懐いているのかは、見ていれば分かる。そしてそれは、雨月が愛情をもって九助を育ててきたからだ。

（それなのに、雨月さんがずっと九助くんに贖罪の気持ちを持ち続けているなんて、そんなの寂しすぎるし、悲しすぎる）

雨月が九助にすまないと思う気持ちが消えることは、ないのかもしれない。けれど、せめて九助の気持ちを誤解せず受けとめてほしいと思わずにはいられない。

九助はこんなにも、雨月のことが大好きなのだから。

「九助くんは自分の意思で、雨月さんと一緒にいたがっているんです。その願いを、どうか叶えてあげてもらえませんか？」

本当なら、自分の呪いのことで手一杯の雨月に、こんなことを頼むべきではないのかもしれない。だが、ノイシュの目には、九助と一緒にいることで雨月もまた、救われている面があるように見える。

九助が雨月を慕うことで、雨月の贖罪の気持ちが軽くなっているように思えてならない――。

ノイシュの言葉を受けて、雨月が肩に乗った九助に視線をやる。

「……お前は、俺と一緒にいたいと思ってくれているのか？」

そっと問いかけた雨月に、九助はつぶらな黒い瞳をきゅるりと煌めかせると、当然だとばかりに声を上げた。

「キュ！」

『……そやつも、いずれは同族と暮らさなければならないことは分かっている』

二人を見守りながら、レイヴンが言う。

『我ら竜にとって、人間を理解する機会は貴重だ。九助の存在は、我ら竜族が人間とよい関係を築くきっかけになるだろう。我ら竜族の里の場所は伝えておいた。その時が来れば、一人で旅立つだろう。それまで、我が一族の仔を頼む』

「……分かった」

ノイシュからレイヴンの言葉を伝え聞いた雨月が、静かに頷く。

「俺でよければその役目、引き受けよう」

「キュッ！」

パッと顔を輝かせた九助が、雨月の頭にぎゅーっと抱きつく。まったく、と苦笑を浮かべる雨月の表情が今まで以上にやわらかいことに気づいて、ノイシュは胸があたたかくなった。

（……よかった）

にこにこと見守っていたノイシュに、レイヴンが翼を広げながら言う。

『さて、仔竜も無事だったことだし、我はそろそろ帰るとするか。……ああそうだ、ノイシュ。雨月にもう一つ、伝えておいてくれ』

「あ、はい。なんでしょうか？」

聞き返したノイシュに、レイヴンが告げる。

『我の見立てだが、呪いによって竜の性質が雨月に宿りつつある。雨月には今、恋しく思う者はいるか？』

「え……」

「ノイシュ、レイヴンはなんて言ってるんだ？」

じゃれつく九助を構ってやりつつ、雨月が聞いてくる。ノイシュは少し躊躇いながらも、レイヴンの言葉を伝えた。

「雨月さんに伝えたいことがある、と。呪いによって、竜の性質が宿りつつあるそうです。それで、その……、恋人はいるか、と」

「いや、いないが。……竜の性質とはなんだ？」

怪訝（けげん）な顔で聞き返した雨月に、レイヴンが言う。

『我が一族はとても情が深く、一度愛を知るとその相手しか見えなくなる。雨月、お前が誰かを愛した時、呪いが牙を剝くかもしれない』

「牙って……、それはどういうことですか」

驚きつつノイシュが問うと、レイヴンは一つ瞬きをして言った。

『なに、この地を離れるまで愛する者を作らなければいいだけの話だ。まあ、恋はすまいと思ってとめられるものではないがな。ではな、ノイシュ、雨月。また会う日を楽しみにしているぞ、九助』

「あ、待っ……！」

慌ててレイヴンを引きとめようとしたノイシュだったが、深紅の竜は巨大な翼を羽ばたかせ、あっという間に上空へと舞い上がる。

月光の下、見る間に遠くへと去っていく竜を見上げて、ノイシュは戸惑いに軽く眉を寄せた。

（呪いが、牙を剝く……？）

傍らで待つ雨月にどう伝えたものかと悩みつつ、ノイシュは躊躇いがちに口を開いた――。

◆◆◆

真っ青な空に浮かんだ白い雲が、ふわふわと流れていく。

いつもの丘の上、やわらかな草の絨毯の上に寝転んだノイシュは、その様をぼんやりと眺めていた。

ノイシュと雨月がレイヴンに出会ってから、数日が過ぎた。

あれから毎日、丘の上から町の様子を窺っているノイシュだが、情報収集の成果は芳（かんば）しくない。国王が急死したという噂は日に日に大きくなっていたが、その多くが不名誉な理由を伴うもので、中にはノイシュが父を殺して逃げている、という突拍子もない噂まであった。

唯一の救いは、噂を聞いた人のほとんどが、国王や王子がそんなことをするはずがないと言ってくれていることだ。とはいえ、これからこの国はどうなるのだろうと皆不安を覚えており、ノイシュはどうにかしなくてはと焦りを募らせていた。

そんな中、少し変わりつつあるのが雨月との距離感だ。

あの後、ノイシュは結局雨月にレイヴンの言葉をそのまま伝えた。

竜の呪いが牙を剝く、というレイヴンの言葉には雨月もやはり当惑した様子だったが、この地を離れるまで恋をしなければいいが、するまいと思ってとめられるものではないと言っていたと伝えると、ものすごく渋い顔をしていた。

『……余計な世話だ』

憮然とした雨月は、その夜、呪いについて分かったことを椿に打ち明けたらしい。翌日、ノイシュは椿に礼を言われてしまった。

『九助とのこと、助言してくれたんだってね。ありがとう、ノイシュ』

どうやら椿も、雨月が九助に対して抱いていた引け目をなんとかしたいと思っていたらしい。だが、雨月が自分を助けるために黒竜を倒したという経緯もあって、うまく伝わらなかったようだ。

『あんたの言葉だから、雨月に響いたんだよ、ノイシュ。あいつの背を押してくれてありがとう』

自分がそこまで言ってもらえるほどのことをしたとは思えないが、姉である椿の目から見ても雨月の気持ちが軽くなっているのなら、本当によかったと思う。

(雨月さんも、表情が心なしかやわらかくなった気がするし……)

あの日以来、雨月はよく優しい笑みを浮かべるようになった。

もしかしたら自分が隠れ里に来る前はずっとそうだったのかもと思ったが、椿の話では雨月はこれまでいつも仏頂面で険しい顔つきだったらしい。ノイシュに聞かれた椿は、あんなに穏やかな顔をする子だったんだねえ、と苦笑していた。

（雨月さんの心が穏やかになったのなら、本当によかったけど……）

語尾が濁ってしまうのは、あれから毎日、雨月がガイドの力を使ってノイシュをサポートしてくれるからだ。

相変わらず丘の上でセンチネルの能力を使い、街の様子を窺っているノイシュだが、ここ数日、雨月は用事のついでにちょくちょく様子を見に来てくれる。そして、顔色が悪いと言ってはノイシュをしばらくぎゅっと抱きしめ、無理はするなよと言い置いて去っていくのだ。

（ありがたいし、気遣ってくれて嬉しいけど……、ちょっと、困る）

連日のハグを思い出し、ノイシュは寝転んだまま顔を赤くしてしまった。

雨月に抱きしめられるのは、決して嫌ではない。薔薇の番である彼との接触はノイシュにとっては安らぎでしかないし、彼のおかげで前より格段に情報収集も負荷なくできている。

だが、里長の椿の補佐役として毎日里のために忙しく立ち働いている雨月が、自分のためにわざわざ時間を割いてくれていることは申し訳ない。なにより、雨月に抱きしめられるとドキドキしてしまって困るのだ。

（雨月さん、カッコいいから……。男の僕でも、つい見とれちゃうくらいだし）

先日、夕方に様子を窺いに来てくれた雨月に抱きしめられた時は、特にドギマギしてしまった。

――触れ合ったところからやわらかな温もりが伝わると同時に、目眩や頭痛が嘘のように霧散していく、魔法のような瞬間。

世界中で雨月だけがもたらしてくれる安らかな一時の中、聞こえてくる彼の息遣いと鼓動。すっぽりと包み込んでくれる腕は優しいけれど力強く、広い胸元からは穏やかな日溜まりのようなあたたかい匂いがする。

少し視線を上げるだけで目に入ってくる、涼やかな顔立ち。伏せられた瞳は黒く艶やかで、その頬に散る鱗が茜色（あかねいろ）の夕陽を受けて煌めく様は、息を呑むほど美しくて――。

（本当に……、困る）

あんな美を毎日見せられては、心臓がもたない。

だが雨月は、ノイシュがいくら申し訳ないからと遠慮しようとしても、そんな青い顔でなにを言うと取り合ってくれない。

ならばせめてと、手を繋ぐだけにしてもらえないかと言っても、抱きしめる方が効率がいいと却下されてしまう。慣れていないから恥ずかしいと逃げを打とうとしてもいずれ慣れると言われ、それともこうされるのは嫌かと聞かれてしまえばもう、嫌ではないと答えるしかなくて。

（嫌じゃないから、困るんだってば……）

人の気も知らないで、とちょっと雨月を恨めしく思いつつ、ノイシュは静かに目を閉じた。

ノイシュがこうして合間に休憩を取っているのは、雨月の負担を少しでも軽くするためだ。本当は日中ずっと能力を使って街の様子を窺い、少しでも長く王都の現状を探りたいけれど、ノイシュの疲労が大きくなればなるほど、雨月に迷惑をかけてしまう。

（雨月さんは優しい人だから、見るに見かねて僕を助けてくれてるけど……。でも本当は、センチネルの手助けなんてしたくないはずだ）

元々センチネルにいい感情のない雨月に、これ以上甘えるわけにはいかない。

間違っても、もしかしたら彼が自分の薔薇の番であることを受け入れてくれるかもなんて期待をしてはいけない――。

（雨月さんは、その気はないってはっきり言っていた。それに雨月さんは今、呪いのことで大変な時だ。そんな厚かましいことは、考えちゃいけない）

自分自身に言い聞かせるようにそう思ったノイシュは、腹筋を使って身を起こした。

「……休憩終わり、と。もう少し頑張らないと」

考え事をしていたおかげで、だいぶ感覚も落ち着いた。目を閉じて深呼吸したノイシュは、スッと目を開いて意識を視覚に集中させた。

（さっきは麓の町の様子を『聴いた』から……、今度はもう少し遠くの村を『視て』みよう）

遠視と透視を同時に行うのは負担が大きいが、それだけ得られる情報も多い。

これまで人が多く集まる町の様子は何度か『視て』きたから、今日は少し違う場所をと、ノイシュは視線をもう少し遠くへ向けた。

（……人がほとんどいないな）

畑や牧場が広がる村は、先ほど様子を窺っていた町と打って変わってとても静かだ。のどかで穏やかな光景は心なごむものだったが、王都の現状を知る手がかりになるような情報はなさそうだった。

（こっちの村の方が王都に近いから、もしかしたら追っ手の兵がいるかもと思ったけど……）

しばらく村のあちこちを『視た』ノイシュだったが、特になにか変わった様子は感じられない。

まだここまで追っ手は来ていないのかとほっとしたノイシュは、それならやはり町の様子を探ろうと視線を移しかけて――。

（……？）

――ふと、一軒の民家の窓辺に目をとめた。

街道に面したその窓は、一見すると厚いカーテンで閉ざされていたが、その隙間から不安そうに外を窺う女性が見えたのだ。

（……なんだろう）

怯えるようなその表情が気になって、じっと見つめていたノイシュだが、その時、彼女の脇からひょこりと一人の少年が顔を覗かせる。女性は慌ててなにか言いつつ彼を後ろに下がらせ、もう一度窓の外を見やって、大きく目を瞠った。

サッと閉ざされたカーテンを見て、ノイシュは一体なにがと街道に視線を移す。するとそこには、武装した兵たちと、縄で手を縛られて歩かされる数人の男女の姿があった。

（っ、あれは……？）

一瞬、自分を追ってきた兵かと緊張したノイシュだが、どうも様子がおかしい。彼らが捕らえているのは、ノイシュとはまるで関係のない人たちだ。しかも、中には子供もおり、その表情は怯えきっていてとてもなにか罪を犯したようには見えない。

（なにが起きてるんだ……？）

彼らはどうして捕らわれているのか。

先ほど女性が少年を隠したのは、あの兵から守ろうとしていたのか。

気になったノイシュは、目を閉じて聴覚を研ぎ澄ませようとして――、不意に聞こえてきた声にびくっと肩を震わせた。

「ルイス！」

「っ!?　……ランディさん？」

振り返るとそこには、ランディが立っていた。先日ノイシュが助けた、彼の妹のアンもいる。

「やっと気がついた。さっきから何度も呼んでたんだぜ」

「あ……、そうだったんですね。すみません」

ふうとため息をついて言ったランディに、ノイシュはドッドッとまだ早鐘を打つ心臓をどうにか落ち着けながら謝った。

一つの感覚に集中していると、どうしても他の感覚が疎かになる。センチネルにとってガイドが不可欠なのは、単に感覚を安定させるというだけでなく、集中して無防備になる間、危険が迫った際に教えてくれる存在が必要だという意味もあった。

「こんにちは、アンさん。スカート、素敵な刺繍ですね」

強制的に感覚を遮断されたため、少し目眩を覚えつつも、ノイシュは微笑みを浮かべて挨拶をした。

先日少し裂けてしまった赤いスカートは、色鮮やかな刺繍で繕われている。すぐに気づいて褒めたノイシュに、アンが恥ずかしそうに笑って言った。

「……うん。あのね、お母さんが縫ってくれたの」

「そうなんですね。とてもよくお似合いです」

にこ、と微笑みかけると、顔を真っ赤にしたアンがサッと兄の背に隠れる。愛らしい仕草にますます笑みを深めたノイシュを、大事な妹に近づくなと言いたげにじろっと見つつ、ランディがアンを促した。

「ほら、アン。ルイスに渡すものがあるんだろ？」

「僕に？」

聞き返したノイシュの前に、アンがおずおずと出てくる。なにかを後ろ手に持ったまましばらくもじもじしていたアンは、やがて意を決したようにそれを差し出してきた。

「あの……っ、あの、あげる！」

勢いよく渡されたのは、綺麗な紙で作られた花だった。どうやら紙を折って作ってあるらしく、少し形が歪なところもあるが、とても細やかで美しい。

「これ、もしかしてアンさんが？」

「うん。雨月くんに教えてもらったの」

「すごいだろ。それ、元は一枚の紙なんだぜ」

折り紙って言う東方の文化なんだって、と得意気に言ったランディのシャツをぎゅっと握って、アンが言う。

「あの……、アンのこと助けてくれてありがとう、ルイスお兄ちゃん」

「アンさん……」

「オレも、あんたのことよく知りもしないくせに、あんな態度取ってごめんなさい。妹のこと、本当にありがとうございました」

そう言ったランディが、きちんと腰を折って頭を下げる。東方の国では謝意を表すのにこうすると聞いたことがあるから、もしかしたらこれも雨月に教わったのかもしれない。

お礼を言いに来てくれた二人を前に、ノイシュはなんだかもう胸がいっぱいになってしまった。

「こちらこそ、こんな素敵な贈り物をありがとうございます。大切にしますね、アンさん。ランディさんも、ありがとう」

お兄ちゃんなんて初めて呼ばれたし、こんなに可愛い贈り物をもらったのも初めてだ。嬉しくて嬉しくて、顔を綻ばせてお礼を言ったノイシュに、ランディが少し照れくさそうに言う。

「センチネルにも、あんたみたいな奴がいるんだな。オレたち、前に貴族のセンチネルに嫌な目に遭わされたんだ。捕まえられて、無理矢理ガイドをさせられてさ。うまくできないと殴られたり、何日も食事を抜かれたりしたこともあった」

「……っ、ひどい……」

雨月から、一部のセンチネルがガイドにどういう扱いをしていたかある程度聞いてはいたものの、改めてランディの口から語られた事実に、憤りを覚えずにはいられない。

幼い彼らが家族から引き離され、そんな目に遭っていたなんて、どれほどつらかっただろう。どれほど心細かっただろう。

「……本当に、申し訳ありません」

同じセンチネルとして、なによりそのセンチネルを束ねる王族として、申し訳なくてたまらない。

すべてを話せなくとも謝らずにはいられなかったノイシュだったが、ランディは笑って言う。

「ルイスが謝ることないだろ。オレだってルイスのこと誤解してたんだしさ。あんたも貴族だし絶対嫌な奴だろうって思ってたけど……、でもよく考えたら、同じガイドにだっていろんな奴がいるもんな」

「ランディさん……」

こちらに歩み寄ってくれるランディに、ノイシュは思わず俯いてしまった。

ランディは謝る必要はないと言ってくれたけれど、彼らにひどいことをしたのは自分の叔父なのだと思うと、申し訳ない気持ちでいっぱいになる。

（ごめんなさい、ランディさん。アンさんも、本当にごめんなさい）

身分を明かせない今、面と向かって謝罪できないことが苦しくてたまらない。

心の中で何度も謝ったノイシュだったが、ランディはそれには気づかない様子で人なつこい笑みを向けてくる。

「それにしてもルイスって、相当強いセンチネルなんだな。さっきも目を見開いてたけど、視覚が鋭いのか？　もしそうだったら、いっこ頼みたいことがあるんだけど」

「頼みですか？　なんでしょう」

自分で力になれることなら、と聞き返したノイシュに、ランディが言う。

「実はこの間の騒動で、アンが森で落とし物しちゃってさ。何度か探しに行ったんだけど、見つからないんだ。これくらいの大きさで、赤い布でできたお守りなんだけど」

「お母さんが作ってくれたお守りなの」

これと同じのだよ、とアンが首から下げた色違いの青いお守りを服の中から引っ張り出して見せてくれる。

ノイシュは膝をついて、そのお守りをよく見せてもらった。常人より鋭い嗅覚が、お守りから漂う残り香を捕らえる。

「素敵なお守りですね。もしかして、これはランディさんのものですか？」

「うん。ずっと身につけてたから、ないと不安だろうと思って貸してやってるんだ。オレはそのままアンにあげてもいいんだけど……」

「駄目！　これはお兄ちゃんのだもん。アンは借りてるだけなんだから！」

ランディの言葉を遮って、アンがきっぱりと言う。

二人の優しさにほっこりして、ノイシュは安心させるように大きく頷いた。

「分かりました。このお守りを探したらいいんですね？　僕に任せて下さい」

「ありがとう、ルイス。あ、オレ、ガイドするよ。

あんまりうまくできないかもしれないけど」

「……いえ、それくらいなら僕一人で大丈夫です」

ランディの申し出を、ノイシュはやんわり断った。

正直、ガイドをしてもらえるならその方がありがたい。いくら目立つ色とはいえ、手の平に収まってしまうような小さなお守りを広い森の中から見つけ出すのは骨が折れる。

だが、センチネルほどではないとはいえ、ガイドも能力を使えばそれなりに消耗する。特にノイシュは普通のセンチネルよりも力が強く、力の相性が悪いとガイド側の負担も大きい。

雨月の話では、ランディたちは力の強いガイドだということだったが、センチネルが能力を使う時に一番重要なガイドの要素は、相性のよさだ。安全な場所で少し能力を使うくらいならまだしも、自分との相性がどうかも分からないまま、ランディに負担はかけられない。

「僕、探し物は得意なんです。ちょっと待ってて下さいね」

先ほど視覚を強化していたから万全とは言えないが、その前に少し休憩も挟んだし、きっと大丈夫だろう。なにより、こんなに優しい子たちが自分を頼ってくれたのだ。絶対に力になってあげたい。

ノイシュは目を閉じて幾度か深呼吸すると、意識を集中させて感覚を研ぎ澄ませた。

パッと目を見開き、先日アンが野犬に追いかけられていた森の中を『視る』。

（赤いお守り……。赤……）

懸命に目を凝らして探していると、ほどなくしてくらりと目眩に襲われる。ノイシュはくっと唇を引き結ぶと、拳を握りしめて足を踏ん張り、更に視覚に意識を注いだ。

無数の木々や葉、地面、草陰に視線を走らせ、赤いものがないか懸命に探して――。

「……なにをしている！」

視界の端にチラリと赤いものが見えた次の瞬間、

焦りを滲ませた雨月の声が耳に飛び込んできて、ノイシュはびくっと身を震わせた。瞬きした瞬間、視覚が急速に通常に戻り、同時にぐらりと体が傾ぐ。

「……っ」

「危ない！」

倒れ込む寸前、雨月が駆け寄ってきてノイシュを抱きとめる。どうやら肩に乗っていたらしい九助が、パタパタと翼を羽ばたかせて宙に浮かびながら、急な動きをした雨月にキュッと文句を言った。

力強い腕でノイシュを支えてくれた雨月が、苦い顔つきで謝る。

「……すまない。俺が急に声をかけたせいだな」

「い……、いいえ。ありがとうございます、雨月さん。……お守り、ありましたよ、アンさん、ランディさん」

雨月にお礼を言って、ちゃんと自分の足で立ったノイシュは、心配そうな顔つきでこちらの様子を窺っている二人に微笑みかけた。

「森の入り口近くの、大きなブナの木の枝に引っかかっていました。少し上の方の枝だから、見つかりにくかったのかもしれません」

「分かった！　ありがとう、ルイス。無理させてごめんな、大丈夫か？」

謝ってくれたランディに、気にしないでと言おうとしたノイシュだったが、それより早く雨月が低い声で唸った。

「こいつの能力は特殊なんだ。お前たち、ガイドもせずに気軽に探し物なんて……」

「待って下さい、雨月さん。ランディさんたちのせいじゃありません。僕がガイドをしなくて大丈夫って言ったんです」

すっかり二人を叱る態勢に入っていた雨月を遮って、ノイシュは告げた。

「引き受けたのは僕です。ランディさんたちはなにも悪くありません。どうか叱らないで下さい」

「だが……」

なおも渋い顔をする雨月に、お願いします、と目線で頼み込んで、ノイシュはいつの間にか九助を抱っこしていたアンの前に膝をついた。

「アンさん、お花、本当にありがとうございます。大事にしますね」

「うん。ルイスお兄ちゃんも、アンのお守り見つけてくれてありがとう」

えへへ、と照れたように笑ったアンが、またね、と九助の頭を撫でてノイシュに預ける。アンの隣に立ち、まだ心配そうにこちらを見ているランディに、ノイシュは笑いかけた。

「僕は大丈夫だから、気にしないで。それより早く取りに行ってあげないと。まだ野犬が心配ですから、誰か大人の人と一緒に行って下さいね」

「……うん。ありがとう、ルイス」

妹の手をとったランディが、里の方へと歩き出す。

草原に膝をついたまま遠ざかる彼らを見送っていたノイシュだったが、ややあって傍らに立っていた雨月がノイシュの目の前にどっかりと座り込んだ。

「あの……」

戸惑うノイシュをじっと見つめたまま、雨月が両腕を大きく広げる。無言の彼に視線で促されて、ノイシュはうろたえてしまった。

(これって、もしかして……)

もしかしなくとも、ガイドの力を使おうとしてくれているのだろう。

無言で要求する辺り、最初に出会った時に九助がやっていた『抱っこして』を彷彿(ほうふつ)とさせるが、当の雨月の表情はどう見ても怒っているし、間違っても九助の時のように語尾にハートマークなどついていなそうだ。

ノイシュは慌てて遠慮しようとした。

「だ、大丈夫です。これくらい、少し休んでいればすぐ治るので……」

「…………」

「それにあの、まだランディさんたちも近いですし。

もしこちらを振り返ったら、びっくりしてしまうでしょうから……」

「…………」

「あの……」

いくつも理由を並べてなんとか遠慮しようとしたノイシュだが、雨月は両腕を広げたまま微動だにしない。おまけに、ノイシュに抱かれていた九助はそんな二人を見比べると、パタパタと雨月の方に飛んでいってしまう。

雨月の肩の上にちょこんと腰を降ろした九助は、来ないの？　とでも言わんばかりにノイシュに向かって首を傾げ、きゅるりと瞳を煌めかせた。

「……失礼します」

仕方なく前に進み出たノイシュは、おずおずと雨月の腕に身を預ける。緊張に身を強ばらせるノイシュを抱きしめて、雨月が静かに言った。

「俺の肩に掴まれ。目を閉じて、体重をこっちに預けるんだ。……もっとだ。体の力を抜け」

「難しいこと言わないで下さい……」

こんな自分から抱きつくような体勢、恥ずかしいし緊張する。とてもじゃないが力を抜くなんてできないと思ったノイシュだが、雨月にぐいっと強く引き寄せられてしまう。

長く逞しい腕の中にすっぽり抱き込まれ、雨月とぴったり体が重なる体勢になったノイシュは、カアッと顔を赤くして謝った。

「す……、すみません……」

「いいから、お前は目を閉じて休め」

ノイシュの後頭部をそっと手で包み込んだ雨月が、もう片方の手で腰をぎゅっと抱きしめて言う。

全身を雨月に包み込まれた途端、彼の優しい温もりが疲弊した五感にじんわりと染み込んできて、ノイシュはふうと息をついた。

「……随分疲れてるな。いや、謝るな。叱ってるわけじゃない」

ノイシュが謝りそうな気配を察して先回りした雨

月が、そっと聞いてくる。

「もしかしてさっきだけじゃなく、その前も随分力を使っていたんじゃないか？」

「……はい」

ノイシュが今どれくらい疲弊しているか、ガイドの雨月は触れているだけでおおよそ見当がついてしまうのだろう。

隠しようがないと観念して、ノイシュは雨月に先ほど『視た』光景を打ち明けた。

「実は、さっき少し離れた村の様子を窺っていたのですが、村の人たちが兵に捕らわれていたんです」

「村の者が？」

身じろぎした雨月が、怪訝そうに聞き返してくる。

ノイシュは頷いて、先を続けた。

「はい。女性や子供もいて、とてもなにか罪を犯したようには見えませんでした。それに、村にはほとんど人通りがなくて、家の中に籠もっている人たちも兵に怯えているみたいで……」

「……」

ノイシュの話を聞いた雨月は、なにか考え込んでいる様子だった。しばらくして、ノイシュを抱きしめたまま低い声で言う。

「分かった。その件は、俺が調べておく。お前はその間、二、三日体を休めておけ」

「っ、でも……」

あんな光景を目にしておいて、そのままにはしておけない。

自分がセンチネルの力であの村の様子を調べれば、と身を離して言おうとしたノイシュはしかし、強い視線でこちらを見つめる雨月に気づいて、思わず息を呑む。

固まったノイシュをじっと見据えて、雨月が静かに言った。

「忘れたか？　一人で背負い込むな、と俺は言ったはずだ。周りに頼ることを覚えろ、と」

「あ……」

「とはいえ、お前が困っている者を放っておけない性分だということは分かっている」

　ふ、と表情をやわらげた雨月が、苦笑を浮かべてノイシュを抱き寄せる。

「俺も、お前のそういう面は悪くないと……、いや、正直かなり好ましく思っている」

「……っ」

　優しい声で紡がれた言葉に、ノイシュの心臓がドッと跳ね上がる。

　雨月が自分のことをそんなふうに思ってくれていたなんて、思ってもみなかった――。

　ふわりと体温を上げたノイシュには気づかない様子で、雨月が続ける。

「だが、だからこそ口出しせずにはいられないんだ。俺はお前に、無理をさせたくない」

　分かるか、と低い囁きが耳をかすめる。ノイシュはハイ、と小さく頷くと、そっと雨月の胸元にしがみついて耳を押し当てた。


　とくとくと聞こえてくる雨月の鼓動に、今まで感じたことのない圧倒的な安心感が込み上げてくるのに、同時にどうしてかそわそわと落ち着かない心地にもなる。

　雨月の言葉が嬉しいのに、どうしてか恥ずかしいとも思う――。

（なんだろう、これ……）

　戸惑うノイシュをよそに、雨月が続ける。

「確かに、お前がセンチネルの力で探った方が早いかもしれない。だが、それで倒れでもしたら元も子もないだろう。少しは俺を頼れ。……それとも、俺はそんなに頼りないか？」

「そんなこと……！」

　雨月の問いかけにバッと顔を上げて、ノイシュは勢いよく否定する。

「雨月さんが頼りないなんて、そんなことありません！　むしろ今だってこうしてたくさん助けてもらっていて、これ以上頼るのは申し訳なくて……！」

「これは、俺が勝手にやっていることだ」

ノイシュを抱きしめる腕にきゅっと力を込めて、雨月が少し困ったように告げる。

「俺はお前に感謝しているんだ。お前は、俺も九助にとっては育ての親だと言ってくれた。黒竜だけでなく、俺も九助にとって大切な存在なのだと」

ノイシュの背にくっついた九助が、クルクルと嬉しそうに喉を鳴らす。どうやら雨月は、ノイシュの背に腕を回したまま、指先で九助の鼻先を撫でてやっているらしかった。

「それだけじゃない。お前がいてくれたから、俺はあの竜と話をすることができた。黒竜の真意を知ることができたのも、呪いの真相を知ることができたのも、お前のおかげだ」

「そんな……。僕はただ、居合わせただけで……」

「ああ。だが、そもそもお前がいなければ、俺はあの竜と一戦交えていたかもしれない。そう考えると、今俺が無事なのも、お前のおかげと言えるかもな」

低く穏やかな声にからかいの色を滲ませて言った雨月が、そのままやわらかに告げる。

「……お前がいくら否定しても、俺の長年の胸のつかえを溶かしてくれたのはお前だ。ありがとう、ノイシュ」

「っ、い、いいえ……」

雨月からこんなに直球でお礼を言われるなんて思ってもみなかったノイシュは、うろたえつつもなんとかそう返す。

ふわりと体温が上がったノイシュの体を抱きしめつつ、雨月が続けた。

「だから、俺のこれは恩返しだと思ってくれ。それに、お前は知らないようだが、薔薇の番がいるガイドは、自分の番をサポートすることで充足感を得るものなんだ。俺がお前のガイドをするのは本能みたいなものなんだから、お前が気にする必要はない」

「そうなんですか……」

初めて聞く話だが、他ならぬ雨月が言うのならきっとそうなのだろう。

（確かに、母上は父上のガイドをしている時、とても幸せそうだった……）

思い返して納得したノイシュに、雨月が頷く。

「ああ。だから、俺はお前とこうしていると、とても満ち足りた気持ちになる。……こんな気持ちは、初めてだ」

「……っ、それ、僕もです……！」

低くて優しい囁きに、ノイシュは嬉しくなって声を弾ませた。

「僕も、雨月さんにこうして抱きしめられるとすごく心地よくて、満たされた気持ちになるんです。誰かと触れ合うことをこんなに心地よく感じられるなんて、初めてで……！」

自分と同じように、雨月もこの一時に安らぎを感じてくれているなんて、思いもしなかった。一方通行ではないのだ、自分も雨月に安らぎを与えられるのだと思うと、嬉しくてたまらなくなる。

「雨月さんに抱きしめられると、全部の感覚が嘘みたいに穏やかになるんです。僕の周りは今までずっと全部棘だらけで、それが普通だと思っていたのに」

「……」

「声も、匂いも、感触も……。雨月さんのくれるものだけは全部、全部気持ちいいものばかりです」

今まさにその感覚に浸りながら、うっとりと言ったノイシュに、雨月はしばらく無言だった。ややあって、先ほどより一段低い声で唸る。

「お前……、その言い方は……」

「あ……、すみません。あの、だからと言ってもっと甘えさせてほしいとか、そういう意味じゃなくって……！」

雨月に負担をかけるつもりはなかったのに、嬉しさのあまりつい本音を漏らしてしまった。

パッと目を開け、慌てて身を離そうとしたノイシュだったが、察した雨月がそれを阻むように腕に力を込める。ぎゅっと強く抱きしめられて、ノイシュの心臓は一気にドッと跳ね上がってしまった。

「落ち着け。そういう意味じゃない」

少し困ったように苦笑を零した雨月は、まあいいと呟いて続ける。

「……甘えていい。お前なら、いくらでも」

「雨月さん……」

「だからもう、俺に遠慮するな。……いいな？」

顔を上げたノイシュに、雨月がふっと微笑む。

今までにない親密さの滲むその微笑みに、ノイシュは瞬きも忘れて見入ってしまった。

なんて——、なんて優しく笑うんだろう。

この人にこんなに優しく微笑みかけてもらえるなんて、思ってもみなかった——。

「………」

大きく目を見開いたまま言葉を失っているノイシュに、雨月が苦笑して言う。

「そんなにまじまじ見るな。もう少し目を閉じて、休んでいろ」

ノイシュの腕をぽんぽんと優しく叩いた雨月が、くるりとノイシュの体を反転させて前を向かせる。

自分の膝の間にノイシュを抱え込んだ雨月は、後ろから覆い被さるようにしてノイシュの目元をその大きな手で覆った。

作り出された暗闇に、絶対的な安心感が込み上げてくる。大きな手から伝わってくるじんわりとした温もりも、ほんのり感じる雨月の涼やかな香りも優しくて、心地よくて。

（……雨月さんに会えて、よかった）

彼が薔薇の番だからじゃない。

もちろん、自分の運命の相手に巡り会えたことは嬉しい。たとえ彼がその運命を受け入れてくれなくとも、自分にもたった一人の相手がいたと知ることができただけで幸せだ。

けれど今はそれ以上に、雨月という一人の人間に巡り会えて本当によかったと思う。

今まで自分は、誰かを頼ることは弱さだと思っていた。だがそれは傲りだったと、雨月に言われてようやく気づくことができた。

雨月は、ノイシュが王子だから、薔薇の番だからそう言ったのではない。彼は、ノイシュがたとえ何者であってもまっすぐに向き合ってくれる人だ。

雨月に会えて、よかった。

自分を肩書きもなにもない、一人の人間として見てくれる人に巡り会えて、本当によかった――。

「……ノイシュ？」

目を閉じ、広い胸にくったりと背を預けたノイシュに、雨月がそっと声をかけてくる。

「寝たのか？」

「…………」

雨月の問いかけに、ノイシュは少し迷いながらも答えを返さなかった。

もう目眩も治まったし、あとは一人で休んでいれば大丈夫なのだから、雨月にお礼を言って離れるべきだと分かっている。

分かってはいるが、寝ていないと答えたら雨月が離れてしまうかもしれないと思ったら、なんだかとても惜しくなってしまったのだ。

（もう少しだけ、このままでいたい……）

寝た振りなんてよくないし、自分の立場を思えばたとえどんな小さな嘘でもつくべきじゃないとは思うけれど、それでも今はこのままでいたい。

雨月だけがくれるこの心地いい温もりに、もう少しだけ包まれていたい――。

「……本当に、不器用な奴だな」

ふ、と笑み混じりに呟いた雨月が、それきり黙り込む。

背中越しに伝わってくる雨月の規則正しい鼓動に、ノイシュは目を瞑ったままもう一度そっと耳を澄ませた。

（やっぱり少しそわそわするけど……、でも）

込み上げてくる安堵感に、うと、と眠気が押し寄せてくる。

（いけない、寝ちゃ……。そろそろ起きて……、お礼を、言って……）

こっくり、こっくりと、本当に微睡み始めたノイシュの髪が、サラリと揺れる。

それが穏やかな風の仕業なのか、それとも誰かの指先によるものなのか判然としないまま、ノイシュは優しい夢の中に落ちていった――。

◆◆◆

思いがけない知らせが届いたのは、その二日後のことだった。

「ノイシュ！」

「あ……、お帰りなさい、雨月さん」

ランディとアンに里の中を改めて案内してもらった後、彼らと別れて九助と共に椿の屋敷に帰ってきたノイシュは、待ち構えていたように駆け寄ってくる雨月の姿を見てパッと表情を明るくする。

あの日以来、雨月はノイシュが『視た』光景の真相を探るために里を空けていた。ノイシュは雨月に言われた通り、ゆっくり体を休めながら里で彼の帰りを待っていたため、こうして顔を見るのは二日ぶりだ。

（たった二日だけど、なんだかずっと離れていたような気がする……）

久しぶりに見る彼の顔にほっとしたノイシュだったが、そこで雨月が少し強ばった表情を浮かべていることに気づく。

「……なにかあったんですか？」

あまりよくないことが起きているだろうとは思っていたが、雨月がそんな顔をするなんてよほどのことなのだろうか。

緊張したノイシュの前まで来た雨月は、辺りを見回して他に里の人がいないことを確認してから切り出した。

「ああ。だが、その件は後回しだ。実は、ある男を連れてきている。……オーガスト将軍だ」

「っ、オーガスト!?」

雨月の口から飛び出した名前に、ノイシュは驚いて目を見開いた。頷いた雨月がノイシュに告げる。

「例の件を調べに村へ行って、彼の姿を見かけてな。竜退治の後に一度会ったきりだが、フォルシウス王に忠実な将軍だった覚えがあって様子を見ていたらお前を探している様子だったから、俺から声をかけて事情を聞いた。……王都からここまで、敵兵から身を隠しながらお前を探してきたらしい」

「オーガストが……」

茫然とするノイシュに、雨月が確認してくる。

「とりあえずお前がここにいることは伏せて、少し体を休めるようにと言って連れてきている。お前が信用できない相手なら、このままお前のことは隠しておくが……」

「っ、彼は味方です！」

雨月の言葉に、ノイシュは急いで告げた。

「オーガスト将軍は、旧くから父に仕えてくれている方です。僕も幼い頃からずっと剣や弓の稽古をつけてもらっていて、彼のことは心から信頼しています。あの、彼は今どこに？」

「そうか、よかった。今は姉上に会わせている。こっちだ」

少しほっとしたように緊張を解いた雨月が歩き出

す。逸る気持ちを抑えながら、ノイシュはその背を追いかけて椿の屋敷へ戻った。

「ここだ。……すまないが、九助を頼む」

応接間のドアの前に控えていた椿の腹心に九助を預けて、雨月が戸の向こうに声をかける。

「姉上、雨月です。……彼を連れてきました」

ああ、と椿が応えるのを待って、雨月が戸を開く。ノイシュはすぐさま中に飛び込んで、叫んだ。

「オーガスト！」

「っ、ノイシュ様!?」

ソファに座っていた鎧姿の赤毛の大男が、バッと立ち上がってこちらを振り返るなり、ぐしゃりと顔を歪める。

「ああ、ノイシュ様……！　本当に……っ！」

声を詰まらせたオーガスト将軍が、ノイシュを見つめたまま一歩、二歩と進むなり、その場にドッと頽れる。

「よくぞ……、よくぞご無事で……！」

声を震わせ、滂沱の涙を流すオーガストに歩み寄り、ノイシュはそっと彼の前に膝をついた。

「将軍こそ、本当に無事でよかった。私を探してくれていたのだろう？　心配をかけたな」

「いいえ……っ、いいえ！　ノイシュ様さえご無事なら、私のことなどどうでもいいのです……！」

涙を流しながらそう言うオーガストに微笑んで、ノイシュは立ち上がった。手を差し伸べたノイシュに、もったいないと頭を振ったオーガストが、よろよろと立ち上がって椿と雨月に頭を下げる。

「椿殿、それに雨月殿も。お二人はノイシュ様を匿って下さっていたのですな。心からお礼申し上げます。本当にありがとうございます……！」

「いや、こっちこそ悪かったね。あんたが本当に味方かどうか、あたしらじゃ測りかねたもんだから、ノイシュのことを安易に言えなくてね」

「すまなかった、オーガスト将軍」

謝った椿と雨月に、オーガストが頭を振る。

「いいえ、お二人がそこまでノイシュ様の安全を考えて下さって、ありがたい限りです。本当に、なんとお礼申し上げたらよいか……」

「オーガスト、そのくらいにしておこう。かえって椿さんたちを困らせてしまうよ」

オーガストに会えたことが嬉しくて、彼が変わらず自分の身を案じてくれていたことが嬉しくて声を弾ませたノイシュに、そうですな、とオーガストも目を細める。

にこにことオーガストと微笑み合うノイシュに、雨月が告げた。

「将軍は、お前が黒い竜に連れ去られたという噂を聞いて、この里を目指して来たそうだ」

「左様。以前、フォルシウス陛下から、この里の存在や雨月殿が竜の呪いを受けたことを内密に聞いておりましたから」

どうやらノイシュの父は、腹心であるオーガストに椿や雨月のことを話していたらしい。

髭面で強面なオーガスト将軍は、熊のような大男で屈強な武人だが実直で心優しく、父も母もとても頼りにしていた。忠誠心が厚く、裏表のない彼は、五感の鋭いノイシュにとっても気負わず話せる数少ない相手だ。

本当によかった、と男泣きに泣いているオーガストに微笑むノイシュに、雨月が苦笑混じりに言う。

「村で会った時、ノイシュのことを知らないかと必死に聞かれてな。俺も彼のことは信じていいだろうとは思ったが、万が一ということもあるから、お前に確認してからと思ったんだ」

「ありがとうございます、雨月さん。ええ、オーガスト将軍のことは僕も信頼しています」

きっぱりと言ったノイシュに、オーガストがまたぐしゃりと顔を歪ませる。

「なんともったいない……！　だというのに私は、両陛下をお守りすることができず……！」

「……それを言うなら私もだ、オーガスト」

自身を責めるオーガストに、ノイシュはぐっと拳を握りしめて頭を振った。

「私も、父上と母上を守れなかった。グレゴリウスの悪意に気づいていないながら、みすみす王位簒奪を許してしまった……!」

「ノイシュ様……」

悔しさを滲ませるノイシュに、オーガストが声を震わせる。と、その時、ノイシュの肩を雨月がそっと叩いて言った。

「……まずは落ち着いて、座ったらどうだ。しなければならない話がたくさんあるだろう」

「雨月さん……、はい。ありがとうございます」

頷いて微笑んだノイシュに、オーガスト将軍が目を丸くする。

「ノイシュ様……? 雨月殿はもしや、ガイドなのですか?」

普段、リンツ以外の人間とはほとんど接触できないノイシュを知っているだけに、雨月に触れられても平気そうな様子に戸惑っているのだろう。ノイシュは椿の向かいに座って告げた。

「……ああ。偶然だが、雨月さんは私ととても相性のいいガイドだったんだ」

センチネルではないオーガストには、彼がノイシュの薔薇の番かどうかは分からない。雨月は番のことを拒んでいるし、伏せておいた方がいいだろう。

「それは……、なんと!」

目を瞠ったオーガストが、ノイシュの隣に座ろうとした雨月の手を両手でがっしりと握りしめる。

「感謝するぞ、雨月殿! アーデンの暴れ竜を退治してくれたばかりか、ノイシュ様を助けて下さったとは……! 貴殿は我が国の救世主だ!」

「……救世主はやめてくれ」

ブンブンと大きく上下に手を振り回された雨月が、ややうんざりしたような顔つきでノイシュをちらっと見る。こいつ暑苦しいな、と視線で言っているのが分かって、ノイシュは苦笑してしまった。

「どうにも暑苦しい御仁だねえ」

　雨月が黙した言葉をサラッと口にして笑った椿が、オーガストに座るよう勧める。恥ずかしそうに頭を掻いたオーガストが、椿の隣に腰かけた。

「亡くなった妻にもよくそう言われました。椿殿も、この度は本当にありがとうございました」

　礼を言ったオーガストに、いいや、と椿が頭を振ったところで、ノイシュは話を切り出した。

「それでオーガスト、王都は今どうなっている？　グレゴリウスが父上に売国の罪を着せようとしているというのは本当か？」

　町の人たちの噂を思い出して尋ねたノイシュに、オーガストがサッと表情を改める。

「……はい。グレゴリウスはあろうことか、フォルシウス陛下が隣国に我が国を売ろうとしていたと吹聴しています。妃殿下もその企みに荷担していたため両陛下を粛清した、逃亡したノイシュ様も同罪である、と。王都は大混乱で、民は皆これからどうなるのかと不安がっています」

「言った者勝ちだな」

　眉を寄せた雨月が、低い声で唸る。ノイシュはグレゴリウスへの怒りを堪えて、オーガストに問いかけた。

「それでグレゴリウスは、自分が王位につくと言っているのか？」

「そのようです。二ヶ月後に戴冠式をするという触れを目にしました」

　悔しそうに顔を歪ませて、オーガストが続ける。

「ノイシュ様もすでに椿殿たちからお聞き及びかもしれませんが、グレゴリウスは長年ガイドや移民を迫害していました。どうやら椿殿の一件が発覚した後も、賛同する貴族たちと画策し、密かにガイドを捕らえて監禁していた様子です」

「……っ、父上が知っていたら、決してそのようなことはさせなかっただろうに……！」

　解放した後も椿たちのことをつけ狙っていたとい

う話だったからもしかしたらと思っていたが、やはりグレゴリウスはガイドたちを苦しめ続けていたらしい。

せめてその実状が父の耳に入っていたらと思ったノイシュだったが、雨月は苦々しげに言う。

「庶民の声が王に届くことなど、まずない。民がいくら訴えても、役人が握り潰すからな」

「ああ、貴族は貴族を庇(かば)うからね」

頷いたのは、椿だった。

「たとえ末端が報告しても、その上には幾人もの上役がいる。貴族にとって都合の悪い事実は、どこかで握り潰されるものさ。だからこそ、雨月は直接王に謁見する機会を得ようと竜を倒したんだ」

「…………」

改めて聞かされたこの国の実状に、ノイシュは言葉を失ってしまった。

おそらくこれは、氷山の一角なのだろう。実際にはもっと多くの問題が王に報告されず、握り潰されてきたに違いない。

「……道理で、グレゴリウスに政治ごっこだと揶揄(やゆ)されるはずだ」

最後に会った時、叔父から言われた言葉を思い返して、ノイシュは俯いた。

「僕は、アーデンの現状をまるで分かっていなかった……。一部の人と面会するだけで、自分はこの国の役に立っていると満足していた。本当はもっと隅々まで目を向けなければいけなかったのに……」

「ノイシュ様、それは……！」

悔恨に声を歪ませるノイシュに、オーガストが腰を浮かしかける。しかし、彼が立ち上がるより早く、隣から伸びてきた手がノイシュの両頬を包み込み、ぐいっと前を向かせられた。

「しっかりしろ、ノイシュ」

「雨月、さん……」

「お前がここで立ち止まったら、この国はどうなる。知らないことは知って学ぶしかないと、父親から教わったんだろう」

叱咤されて、ノイシュは大きく目を瞠った。

確かに、その通りだ。

父はいつも、ノイシュにそう言ってくれた――。

じっとノイシュを見つめて、雨月が力強く諭す。

「悔しいなら、過去の自分を恥じるなら、俯かずちゃんと前を向け。進むことでしか、お前のその悔しさは晴らせない。お前なら、それができるはずだ」

「……っ、はい……！」

厳しくもあたたかい言葉に、ノイシュは強く頷いた。

雨月の言う通りだ。自分はこんなところで立ち止まっている場合ではない。

「ありがとうございます、雨月さん」

「……いや」

笑顔を浮かべてお礼を言ったノイシュに、雨月がふっと微笑む。

二人のやりとりを見ていたオーガストが、まん丸に目を見開き、おそるおそるといった様子で聞いてきた。

「あの……、ノイシュ様。まさかとは思いますが、ノイシュ様は雨月殿と……」

「……？」

自分が雨月となんなのだろう。首を傾げて続きを待ったノイシュだが、オーガスト将軍はそれ以上言えないとばかりに黙り込んでしまう。

苦笑した椿が、割って入って促した。

「少なくとも、あんたが心配するようなことにはまだなってないよ。それより、今後のことを話そう。このままグレゴリウスが王位についたら、この国は大変なことになる。この里にも、いずれグレゴリウスの手の者が押し寄せてくるだろう」

表情を曇らせて言う椿に、オーガストが頷いて告げる。

「椿殿のご心配通り、王都ではすでにグレゴリウス一派によるガイド狩りが横行しております。少しでもガイドの疑いがかけられると連行されるため、民は皆家に閉じ籠もるようになりました。皆、息をひそめて怯えています」

「……っ、もしかして……」

オーガストの話を聞いて、ノイシュは雨月を見やった。硬い表情を浮かべた雨月が頷いて言う。

「……ああ。この間お前が『視た』のも、どうやらそのガイド狩りだったようだ。村の者に話を聞いてきたが、どうやらハンセンという子爵がグレゴリウスの命で、ガイドを捕らえて回っているらしい」

「ハンセン子爵……。確か、父と一緒に何度か挨拶を受けたことがあります」

宮廷には数多くの貴族が出入りしていたが、王族の務めとしておおよその名前と顔は記憶している。

ハンセン子爵は、赤い巻き毛に口髭が特徴的な男で、深い話をした覚えはないので印象は薄いが、特に父や自分への敵意は感じなかった。

元々グレゴリウス一派ではなかったはずだが、と戸惑ったノイシュに、オーガストが告げる。

「フォルシウス様がご存命の頃はおとなしく従っていた貴族の中にも、特権意識の強い者はままおります。ハンセンもその一人です。彼は今やガイド狩りの先頭に立っており、ノイシュ様追討の命が下された時も真っ先に手を挙げたと聞いています。王都ではガイドが捕まりにくくなっていますから、地方でガイド狩りをして点数を稼ごうという腹でしょう」

「…………」

オーガストの言葉に、ノイシュは俯いて唇を引き結んだ。

特に親しくしていたわけではないが、それでも顔見知りの貴族が簡単に手の平を返し、アーデンの人々を苦しめているなんて、信じたくない——。

黙り込んだノイシュをちらりと見やって、雨月が苦々しげに言う。

「この辺りは国境に近くて、移民も多い。ガイド狩りを強行して、なにか問題が起きたとしても揉み消しやすいと考えたんだろう」

「ええ、その通りでしょうな」

頷いたオーガストに、ノイシュは顔を上げて言った。

「……オーガスト。私は父の汚名を濯ぎ、アーデンに平穏を取り戻したい。両親の仇を討つため、力を貸してくれないか」

「は……！　もちろんです、ノイシュ様。このオーガスト、亡き両陛下とノイシュ様に忠誠を尽くすとお誓いします」

立ち上がったオーガストが、目を潤ませてドンと胸を叩く。

「ノイシュ様がご無事と知れば、各地の領主も必ずや兵を挙げることでしょう。私にお任せ下さい！」

「ありがとう、オーガスト。できれば私も共に行って直接領主たちと話をしたいのだが……」

いつまでもここで世話になるのも申し訳ないし、なにより早く状況を打開しなければアーデンの人たちへの被害は大きくなるばかりだ。

しかし、ノイシュがそう言った途端、雨月が顔を曇らせる。

「いや、それはやめておいた方がいいだろう。ガイド狩りの兵は、当然お前のことも探しているはずだ。今は里から出るべきじゃない」

「私もそう思います、ノイシュ様」

雨月の言葉に頷いて、オーガストが言う。

「味方集めはこのオーガストにお任せいただき、今しばらく身を隠していて下さい。椿殿、雨月殿、引き続き我が主君を匿っていただけませんでしょうか」

「ああ、もちろん。雨月もいいね？」

オーガストに頷いた椿が、雨月に水を向ける。

「ああ、俺は構わない」

「……ありがとうございます、雨月さん、椿さん。すまないが頼む、オーガスト」

二人にお礼を言ってオーガストを見やったノイシュに、オーガストがお任せ下さいと微笑む。

彼に頷き返し、眉を寄せてまた視線を落としたノイシュを、雨月がじっと見つめていた――。

◆◆◆

――薄雲の多い夜だった。

ちょうど半分ほどの月が照らす夜道を、金色の髪の王子がそっと進んでいく。弓と矢筒を背負ったその後ろ姿を物陰からじっと見つめて、雨月は内心ため息をついた。

（……やはりか）

少し距離を空け、里の外へと向かうノイシュの後を追う。常人離れした五感を持つ彼だが、慣れない夜道で進行方向に集中しているのだろう。気配を殺した雨月に気づく様子はなかった。

昨日、隠れ里にやってきたオーガスト将軍は、一晩滞在して休息した後、周辺の領主に協力を依頼するため、今朝早く旅立っていった。敵方にこの隠れ里の存在を気づかれないよう、安全なところまで彼を送っていった雨月に、オーガスト将軍は何度もノイシュのことを頼んできた。

『竜をも倒した高潔な騎士である雨月殿にならば、安心してノイシュ様の護衛を頼めるというものだ。あのお方に危険が迫らぬよう、悪い虫がつかぬよう、くれぐれも、いいか、くれぐれもよろしく頼むぞ！』

……若干牽制されたような気もするが、それだけ忠誠心が厚いということだろう。

（暑苦しいおっさんだったが……、まあ、悪い男じゃなさそうだな）

窮地に立たされているノイシュにとって、ああいう心から信頼できる相手は貴重だ。オーガスト将軍がいい報せを携えて戻ってくるまでなら、頼まれてやってもいい。

問題はその、よろしく頼まれた王子様だ。

（麓の町に向かってるな……。やはり、ハンセンとかいう貴族に会う気か）

ノイシュの進む方向を見て、雨月はぐっと眉を寄せた。

昨日、オーガストから話を聞いたノイシュは、少なからずショックを受けている様子だった。ハンセン子爵と個人的な交流はなかったようだが、それでも多少なりとも知っている相手の裏切りに動揺せずにはいられなかったのだろう。

オーガスト将軍の話では、ハンセン子爵は以前から特権意識の強い、グレゴリウス寄りの考えの持ち主ということだった。

だが、人の善の部分を信じやすいノイシュのことだ。話せば分かると考えてハンセンの元に向かうかもしれないと思い、動向に気をつけていたが、どうやら予想は当たっていたらしい。

雨月の勘違いで、なにか別の用事という可能性もあるから、一応様子を見てみるつもりではあるが、危険なことになる前に止めなければならない。

明かりも持たずに森の中を進むノイシュを見失わないようじっと見据えて、雨月はため息をついた。

（今、この国の大勢はグレゴリウスの下にある。そ

んな状態で寝返った者と会おうだなんて、自ら首を差し出しに行くようなものだと分からないのか）

否、分かっていても、相手のことを信じたいと思っているのかもしれない。

なにせノイシュは、他人のために躊躇なく能力を使うようなお人好しだ。あからさまに自分を嫌悪しているランディが妹を探していると聞いた時も、自分の体調が悪化すると分かっていて感覚を強化していた。

野犬を追い払う時も、お前は下がっていろと言っても聞かず、率先してアンを助けようと突っ込んでいっていた。自分の立場や置かれている状況を考えれば荒事など人任せにしそうなものなのに、どうもあの王子様は後先考えず動く性分のようだ。

ノイシュ自身にそんな意図や計算はないのだろうが、ああしてなりふり構わず懸命に動く者は、人の心を動かす。ランディとアンがまさにそうだし、兄妹を助けたと聞いて里の者たちもノイシュに好意的になりつつあるのがいい証拠だ。

そしてそれは、雨月自身にも当てはまって――。

（……あいつが、あまりにも危なっかしいせいだ）

今まさに、その危なっかしい彼を放っておけない状況に陥っている雨月は、自分に言い訳するようにそう思った。

自分でも、ここ数日の自身の行動には戸惑いを覚えているのだ。

センチネルを毛嫌いしているのは今も変わりないし、薔薇の番など真っ平御免だと思っているのに、どうしてかノイシュのことは放っておけないと思ってしまう。

丘の上で苦痛に耐えながら感覚を強化させている姿を見ると、もういいから休めと声をかけずにいられないし、抱きしめて安らぎを与えてやらずにはいられない。ノイシュが言う通り、手を繋ぐだけで十分彼を癒してやれると分かっているのに、自分の腕の中で心底ほっとする顔が見たくて、なんだかんだと理由を付けて抱きしめてしまう。

　薔薇の番を得たガイドは、自分の番をサポートすることで充足感を得る、と言ったのもそうだ。いくら薔薇の番同士でも、性格が壊滅的に合わなかったり、姉のような事情で相手を憎んだりしていれば、充足感など得られるはずがない。

　結局、雨月がノイシュのことを気に入っているから、ガイドをしていて満ち足りた気持ちになるのだ。好感を持っていない相手のガイドなど、いくら運命だと言われようがお断りだ。

　状況だけ考えれば、雨月にとってノイシュは決して好ましい相手ではない。姉を苦しめたグレゴリウスの甥ということもそうだし、そもそも薔薇の番の契約に縛られたくなどないのだから。

　だが、他の誰も彼にあんな顔をさせることはできない、自分だけが彼の苦痛を残らず取り除いてやれるのだと思うと、今まで厄介としか思っていなかったガイドの能力も、そう悪くないもののような気がしてくるのだ。

　この力は彼を癒し、安心させるためのものなのだと思うと、ガイドでよかったとすら思える——。

（……なんなんだ、一体）

　自身の心情の変化に苛立(いらだ)ちに似た戸惑いを覚えて、雨月は内心呻いてしまう。

　ノイシュを前にすると、どうにも調子が狂う。

　だが、これまでの考えを覆(くつがえ)される不快感よりも、彼をどうにか助けてやりたい、支えてやりたいと思う気持ちが遙かに上回っていることは確かだ。

（……っ、俺は……）

　自分自身が分からなくなって、眉間をきつく寄せた雨月だったが、そこで前方のノイシュが物陰に屈み込んだのに気づく。雨月は近くの木陰に身を隠すと、弓を手にしゃがんでいるノイシュが見ている方向に目を凝らした。

　——そこは、町の外れにある広場だった。

　夜半にもかかわらず、広場のあちこちには松明(たいまつ)が煌々と焚かれ、中央に十数人が集まっているのが見える。

よく見るとそれらは麓の町の人々で、彼らは一様に後ろ手に縛られている様子だった。身を寄せ合って座り込み、いずれも暗い表情で俯いている。

彼らの周囲には武装した兵が幾人か立っており、少し離れたところには赤髪に口髭を生やした、華美な格好をした貴族がいた。おそらくあれがハンセン子爵だろう。

（……ガイド狩りか）

中央に集められている人々は捕らえられたガイドたちなのだろう。正義感に駆られたノイシュが無謀なことをする前にとめなくてはと、雨月が木の陰から一歩踏み出した、——次の瞬間。

「……っ！」

音もなく振り向いたノイシュが、シュッと一本の矢をこちらに放つ。驚いた雨月の斜め後ろでグゥッと呻き声が上がり、雨月は咄嗟に刀を抜いて素早くそちらを振り返った。

「……！」

そこには、喉に矢が突き刺さった兵がいた。苦悶の表情を浮かべた兵が振り下ろした剣を刀で弾き返した雨月は、一歩間合いを詰めるや否や、兵の口元をガッと片手で覆い、その胴に刀を突き立てる。

「……っ、ぐ……！」

わずかに断末魔の声を漏らす兵の口元をぐっと押さえ込み、とどめを刺した雨月は、力を失ったその兵を地面に転がした。

背後からそっと駆けてきたノイシュが、声をひそめて問いかけてくる。

「雨月さん、お怪我は……」

「…………」

「雨月さん？」

首を傾げるノイシュに、はーっと大きくため息をついて、雨月は先ほどの広場をちらっと見やった。誰もこちらで起きたことに気づいていないのを確認してから、無言でノイシュを手招きし、もう少し広場から遠ざかる。

　ここまで来れば安全だろう、というところまで離れてから、雨月は低い声で唸った。

「いつから気づいていた」

　先ほどの動きといい、雨月を見ても驚く様子がないことといい、ノイシュはとっくに雨月の尾行を察知していたに違いない。センチネルの彼なら造作もないことだろうが、気づいていないだろうと思って跡をつけてきたこちらとしては、少し気まずい。

　雨月の問いかけに、ノイシュがおずおずと答える。

「雨月さんには、里を出てすぐ気づきました。そちらの兵士に気づいたのは、今です。あと……」

　言いにくそうに言葉を濁したノイシュが、雨月の背後を見やって告げる。

「……九助くんのことも、里を出た時に」

「っ!?」

「キュ」

　バッと振り返った先、木の枝にちょこんと座った幼竜が、ようやく気づいたのかと言わんばかりに鳴く。きゅるりと目を輝かせた九助に、雨月は呻き声を上げてしまった。

「お前……」

「九助くん、静かにしててね」

　パタパタ飛んできた九助が、雨月の肩にとすんと着地するなり、キュッと小さく応える。お利口な返事に微笑んだノイシュに、雨月は低い声で告げた。

「……さっきは助かった」

　ノイシュに気づかれていたことをまったく察していなかったばかりか、九助の存在にまで気づいていなかったなんて非常にバツが悪いが、ノイシュが兵を射貫いていなければ対応が遅れていたかもしれない。礼を言った雨月に、ノイシュが頭を振る。

「雨月さんなら、僕が手出ししなくても十分倒せた相手だと思います。咄嗟に反応してしまって、すみません」

「いや、大声を出されていたら面倒なことになっていた。喉を狙ったのは的確な判断だ」

深く突き刺さっていた矢は、偶然ではなく明らかに兵の声を奪う意図で放たれたものだ。この宵闇の中、よくあれほど正確に狙いを定められるものだと内心舌を巻いた雨月に、ノイシュが少し照れたように言う。

「僕は夜目が利くので……。あってもセンチネルの能力は少ししか使ってないので、大丈夫ですよ」

また雨月に咎められると思ったのだろうか。

慌てたように付け加えるノイシュに、雨月は曖昧に頷いた。

いくら感覚を強化させれば夜目が利くとはいえ、狙った場所を正確に射貫くのは相当な鍛錬を積まなければできないことだ。自分は少し、この王子のことを見くびっていたかもしれない——。

雨月さんこそすごいです、とにこにこしているノイシュをじっと見つめて、雨月は問いかけた。


「それで、何故一人でここに来ようとしたんだ？」

大方ハンセンに会うのに邪魔をされると考えたからだろうと思った雨月だったが、ノイシュの答えは予想だにしないものだった。

「これは、僕が手を下さないといけない問題だからです」

「……どういうことだ？」

当惑した雨月に、ノイシュが告げる。

「僕は、ハンセン子爵のことをよく知りません。ですが、どんな人物であれ、アーデンの人々を傷つける者を許すわけにはいきません」

想像とは正反対の言葉に、雨月は軽く目を瞠る。

根っからのお人好しの彼の口から、そんな言葉が出てくるとは思ってもみなかった——。

「オーガストから聞いた話では、ハンセンは昼間捕らえたガイドの方々を深夜に移動させているということでした。王都に送り、グレゴリウスへの点数稼ぎをしている、と。ですから、その時を狙ってハンセンを倒そうと思ったんです」

「その弓矢でか」

唸った雨月にハイと頷いて、ノイシュがきっぱりと言いきる。

「僕は、オーガストを信頼しています。その彼が言うのだから、ハンセンがグレゴリウス寄りの考えの持ち主ということは間違いないのでしょう。……残念ですが」

「…………」

「よほどの事情があってグレゴリウスに嫌々従っているならともかく、権力を笠に着てガイドの方々を捕らえている者を見過ごすことはできません。僕は王族として、アーデンの人々を守らなければなりません」

決然と顔を上げたノイシュが、広場の方を見やる。月明かりに照らされたその横顔は、己の為すべき使命に満ちており、どこまでも気高く、凛々しかった。

「お前は……」

思ってもみなかったノイシュの真意を知って、雨月は言葉を呑み込んだ。雨月の肩の上で、キュウ、と九助が小さく鳴く。

少しどころか、自分は完全にノイシュのことを見くびっていた。彼は確かに世間知らずのお人好しだが、信じるべき者を見誤るほど愚かではない。

なにより、彼は誰よりも国民を憂う、アーデンの誇り高き王子なのだ――。

（……敵わないな、これは）

確固たる決意と覚悟を浮かべた美しい翠の瞳を見つめて、雨月はふっと笑みを滲ませた。

思いがけず知ったノイシュの意外な一面に、ふつふつと胸の奥が熱く高揚しているのが分かる。

どうやら自分は、この危なっかしくて放っておけない、それでいて気概も実力もある王子に恋してしまったらしい。

先ほどまでの比ではなく彼を助けたいと思うし、彼のことをもっと知りたいと思う。

ガイドだからとか、薔薇の番だからという理由ではなく、彼が彼だから守りたいし、もっと近くにいたい——。

「雨月さん?」

黙り込んだ雨月を不審に思ってか、ノイシュが声をかけてくる。

雨月は月光に照らされた美しい王子をじっと見つめると、おもむろにその手を取った。苦労などまるで知らなさそうでいて、その実、この国の誰よりも苦痛に耐えてきた指先にくちづける。

——まるで、騎士の誓いのように。

「……厄介だな、お前は」

「え……」

「だが、出会えてよかった。今は、そう思う」

薔薇の番の契約になど、縛られたくない。

だが、他ならぬ彼の唯一無二の存在になれるのなら、それも悪くないと思う。

この身にかけられた忌まわしい竜の呪いでさえ、彼に巡り会うための祝福のように思えてくる——。

(……本当に厄介なものだ、恋とは)

ふ、と笑みを零した雨月は、戸惑ったような表情を浮かべるノイシュを促した。

「それで?」

「……え?」

「あそこからハンセンまでは、少し距離があるだろう。いくらお前の腕前でも、一発では仕留められないんじゃないか?」

指先への親密なくちづけなどまるでなかったかのように、しれっと何食わぬ顔で話を続ける雨月に、ノイシュが狐につままれたような顔でパチパチと瞬きを繰り返す。あまり可愛い顔をするなと、内心苦笑していることなどおくびにも出さず、雨月は至極真面目な顔で続けた。

「とはいえ、何本も矢を放てば兵たちに気づかれるし、複数の兵を弓で相手するのは無謀だ。どうするつもりだったんだ?」

「それは……」

話が戦いに及んだ途端、ノイシュがサッと顔つきを改める。こいつのこういうところが好きだなと思いつつ、雨月はノイシュの声に耳を傾けた。

「……できるだけ多くの兵に、矢を放つつもりでした。足を狙えば遠くまでは追ってこられませんし、一時的にでも場が混乱すれば、地の利はガイドの方々にあります。足を縛られている様子もありませんから、きっと逃げてくれると……」

「甘いな」

ノイシュの答えを聞いて、雨月は首を横に振った。それなりに考え、作戦を立ててここまで来たようだが、やはり実戦経験のない彼の見通しは甘い。

「ハンセンはともかく、兵たちはそれなりに訓練されている様子だ。同じ場所から放たれる矢はすぐ防がれるだろうし、第一ガイドたちを盾にされたら手出しできない。もしうまくいったとしても、しばらくすればハンセンの代わりに別の貴族が送り込まれてくるだろう」

「そんな……。じゃあ、どうすれば……」

目を見開いてうろたえたノイシュに、雨月はニヤリと笑って言った。

「俺に考えがある」

珍しく悪い笑みを浮かべた雨月に、キュッと九助が驚いたような声を上げる。

まん丸に目を見開いた幼竜を見やって、お前も手伝えよ、と雨月はその鼻先をちょんとつついたのだった。


赤々と燃える松明の側で、ハンセンは自慢の口髭をイライラと弄っていた。

広場の中央に集めたガイドたちは、啜り泣きを繰り返していて鬱陶しいことこの上ない。

（あの中には、私と相性のいいガイドは見つからな

かったしな……。くそ、役立たずどもめ）

だが、あの中にはもしかしたらグレゴリウスと相性のいいガイドがいるかもしれない。もし彼の薔薇の番を見つけだすことができれば、自分の地位は安泰だろう。

フォルシウス王が殺されたと聞いた時には驚いたが、元々許されるなら複数のガイドを所有したいとは思っていた。庶民に得になる政策ばかり打ち出していたフォルシウス王よりは、グレゴリウスの方が甘い汁を啜れそうだし、時の権力者に気に入られておくに越したことはない。

（あとは、ノイシュ王子を捕らえることができれば御の字だが……）

権力を掌握したグレゴリウスが、今最も恐れているのは、あの若き王子だ。さすがのグレゴリウスも、正当な王位継承者であり、五葉のセンチネルであるノイシュを相手にするのは些か分が悪いと考えているらしい。

（まあ、万が一王子が兵を集めて王位を奪還したとしても、その時はノイシュ王子に寝返ればいいだけの話だ）

ガイド狩りの件を咎められるかもしれないが、グレゴリウスに脅されたとでも言えば、あのお人好しの王子は騙されてくれるだろう。

肝心なのは、大局を見極めて長いものに巻かれることだ、とほくそ笑んだハンセンに、部下が駆け寄ってくる。

「ハンセン様、到着の遅れている馬車ですが、どうやら街道で立ち往生しているようです。車輪が破損したと報告が……」

「破損だと!?　なにをやっているんだ！　すぐ直してここに来るよう伝えろ！」

「は、はい、すぐに伝えます！」

怒鳴り散らすハンセンに、部下が慌てて下がる。

どいつもこいつも、とハンセンが鼻を鳴らした、

——その時だった。

「子爵様、大変です！」

町の方から、一人の男がやってくる。明かりを持っていないその男は、フードを深く被っている上、誰かに肩を貸していて俯いており、顔がよく見えなかった。

「今度はなんだ……、……血の匂いか？」

センチネルとしての能力は低いハンセンだが、それでも常人よりは嗅覚が優れている。風に乗ってわずかに届いた血の匂いに眉をひそめたハンセンに代わって、部下が男に問いかけた。

「なんだ、お前は。ん？　その者は……」

「熊です！　こちらの兵士様が、熊に襲われました！」

男の叫びに、兵たちが動揺する。

「熊だと!?」

「ど……、どこにいるんだ、その熊は！」

広場の周囲に散らばっていた兵たちが、男の近くに集まった、次の瞬間。

「……熊だ！」

肩を貸していた兵をドサッと地面に放り出した男が、突如叫ぶ。フードを跳ね上げた男の頬で、黒い鱗のようなものがキラリと光ったその時、トッと軽い音と共に、一番大きな松明が地面に倒れた。

「な……っ」

高い位置にあった光源を失い、一瞬目の前が真っ暗になったハンセンや兵が声を上げると同時に、次々に周囲の松明が地面に転がる。足元しか見えない中、なにが起きたのかとうろたえるハンセンの耳に、ギャッという叫びと男の声が飛び込んできた。

「熊だ！　熊が出たぞ！　逃げろ！」

「く……、熊だと!?」

動揺した兵たちが剣を抜くが、時を置かずして苦悶の声が次々に上がる。

「ぐ……！」

「う、うわあっ！　ひぃい！」

熊に襲われたのだろう。悲鳴を上げた兵たちがドッと倒れ込む気配がする。

あちこちから漂ってくる血の匂いに混乱しながらも、ハンセンはどうにか態勢を立て直そうとした。

「お……、落ち着け！　明かりを！　誰か松明を起こすんだ！」

だがその時、辺りに低い咆哮が響き出す。暗闇の中に響くその獰猛な唸り声は、広場の周囲を囲む森の中をすさまじい勢いで移動していた。

まるで誰から餌食にしようか見定めているかのような獣の気配に、兵たちが次々に怯えた声を上げ始める。

「も……、もう駄目だ！　逃げるぞ！」

「このままじゃ熊に喰われる……！」

「待て！　うぐ……っ！」

複数の兵が駆け出す気配に、ハンセンは慌てて自分も走り出そうとした。しかしその時、足に激痛が走り、地面に転んでしまう。

慌てて身を起こしつつ、松明の明かりに照らされた自分の足を見やったハンセンは、我が目を疑った。

「矢……!?」

脹ら脛に刺さっていたのは、一本の細い矢だったのだ。

何故矢が、と混乱したハンセンは、そこでハッと気づく。

熊の匂いなど、どこからもしない――。

「……っ、罠だ！　熊などどこにも……っ」

叫んだハンセンの鼻先を、ふわりと涼やかな香りが掠める。

咲き初めの瑞々しい薔薇に似たその香りに、ハンセンはぎくりと身を強ばらせた。

それは、幾度か嗅いだことのある香りだった。

今は亡きフォルシウス王の隣に、いつも控えめに佇んでいた若者から漂っていた、この国で最も高貴な香り――。

「……無駄だ、ハンセン。そなたの兵は、皆もう逃げた」

いつの間に、そこにいたのだろう。

ハンセンの喉元に剣を突きつけていたのは、アーデンの王子、ノイシュその人だった。

「ノイシュ、様……」

喘ぐようにその名を呼んだハンセンに、ノイシュがスッと目を眇めて静かに問う。

「民を守る立場にあるそなたが、一体なにをしているのだ?」

「……っ」

転がった松明に赤々と照らされた王子の顔は、見たこともないほど美しく、そして冷たかった。

これまでお人好しとばかり思って侮っていたノイシュの静かで激しい怒りを目の当たりにして、ハンセンはようやく己の過ち(あやま)を悟る。

偉大な父王の存在があまりにも大きく、また、五葉のセンチネルという特異さばかりが先行して気づかなかったが、この若者は紛れもなく一国を預かる王族なのだ。

君主の器を備えた、アーデンの王子なのだ——。

「ち……、違います、ノイシュ様！　私はグレゴリウス様に脅されて……」

「……言い訳は無用だ」

すうっと目を細めて、ノイシュが剣を振りかぶる。

「地獄でアーデンの民に詫びろ……！」

——静寂を切り裂くハンセンの絶叫がやんで、雨月は立ち上がった。

縄を解き終えたガイドたちに、自分たちの存在について口止めし、それぞれの家に戻るよう伝える。口々に礼を言って町へと戻っていく彼らを見送って、雨月は周囲を警戒しつつノイシュに歩み寄った。

「ノイシュ」

森の方から戻ってきた九助が、雨月の肩にぽすんと着地する。

木々の間を飛び回り、唸り声をまき散らして敵を混乱させるという重要な任務をこなし、得意気にキュッと鳴く九助の鼻先を撫でてやり、雨月はノイシユの傍らに膝をついた。

「……初めて、人を殺めました」

いくらそうすべき相手だと分かっていても、やらなければならないと覚悟していても、心優しい彼にとってそう簡単に割りきれることではなかったのだろう。

茫然と呟くノイシュの肩は、小さく震えていた。

「……よくやった」

お前は正しいことをしたのだと、そう伝えてやりたくて、雨月はその細い肩をそっと抱き寄せた。

少しでも彼の心が安らぐようにと、願いながら。

◆◆◆

――十数日後。

よく晴れた高い空の下、目を閉じたノイシュは、いつも通り聞こえてくる音に耳を澄ませていた。

『聞いたか？　隣町のガイド狩りの件』

『ああ、また出たんだってな。白き竜！』

『センチネルを倒してくれるなんて、本当にオレたちの救世主だ！』

『ああ、その通りだ。センチネルなんて、皆滅んじまえばいいんだ』

バカ、聞こえるぞとたしなめる声は、明るく弾んでいる。ノイシュは少し複雑な気持ちながらも、ほっと胸を撫で下ろした。

ハンセンを倒したあの夜、里に戻ったノイシュは、椿に事の次第を報告した上で雨月に一つ頼みごとをした。

オーガストから聞いた話では、この地でガイド狩りを行っている貴族は他にもいるという話だった。だとしたら、なにもせず隠れ里でオーガストを待つのではなく、周辺の町や村で起きるガイド狩りを阻止したい。そのために力を貸してくれないか、と。

　正直、雨月にそんなことを頼んでいいのかどうか、とても迷った。

　ハンセンの時はうまくいったとはいえ、ガイド狩りをしているのはセンチネルの貴族だ。いくら雨月が腕の立つ武人でも、常人離れした感覚を持つ彼らと戦うのは容易ではない。

　それに、もし反撃されて捕らわれでもしたら、隠れ里の存在が明るみに出てしまうかもしれない。自分のせいでこの里を危険に晒すことになったらどうしよう、と。

　だが雨月は、分かったとすぐに頷いてくれた。俺もガイド狩りなんて理不尽な真似は見過ごせないし、放っておいたらセンチネルたちが里に気づくかもしれない。そうなる前に手を打った方が得策だ、と言ってくれたのだ。

　椿もまた、雨月に同意してくれた。あたしも手を貸すよと言ってくれた彼女は、周辺でガイド狩りをしている貴族の情報を集めてくれたばかりでなく、実際の戦いにも加わってくれた。

　最初は女性を危険な戦いに巻き込むのはと躊躇したノイシュだったが、さすが雨月の姉だけあって、椿は優れた武人だった。

　ノイシュが感覚を強化させ、雨月がそのガイドをしている間はどうしても無防備になるが、椿がいれば安心して敵の様子を探れる。血の気の多い椿は、二人が探りを入れている間に哨戒の兵をすべて倒してしまい、まだやってんのかい、突っ込むよと二人を急かすこともしばしばで、ノイシュは雨月と顔を見合わせて苦笑するばかりだった。

　ハンセンの時、見事な働きをしてくれた九助も、物陰から唸り声で敵を脅かしたり、危険が迫っていることを教えてくれたりと手伝ってくれている。本当は危ないから里で留守番させておきたいのだが、こっそり出かけてもいつも後を追ってきてしまうため、安全な場所で作戦の補助をお願いすることにしたのだ。

九助は里の外の人間に興味津々で、姿を隠しているように言いつけても出てきてしまい、捕らわれたガイドたちに幾度か目撃されてしまっている。そのためか、町の人々はノイシュたちのことを『白き竜』と呼ぶようになった。

今や町は、ガイド狩りを阻止して回っている『白き竜』の噂で持ちきりだ。闇に紛れやすいよう、黒ずくめの衣装で現れるノイシュたちを正体不明で怖いと言う者もいるが、大半はガイドや庶民の味方だと好意的に捉える声が多くて、ノイシュはほっとしている。

里の人たちも、雨月たちがガイド狩りを阻止していると聞きつけて手を貸してくれるようになった。

これまではノイシュを遠巻きにしていた彼らも、ガイドを助けるために奔走するようなセンチネルもいるんだなと言ってくれて、ノイシュを信頼してくれつつある。

（里の人たちと普通に話せるようになって、本当に嬉しい。けど……）

カサ、と手にした手紙をもう一度広げて、ノイシュはぎゅっと唇を引き結んだ。

——手紙は、オーガストからのものだ。

麓の町に隠れ里のことを知る協力者がいるらしく、その協力者経由で昨日ノイシュに届いた。

手紙には、あてにしていた領主たちがことごとく出兵を渋り、交渉が難航しているとある。皆、フォルシウス王が無実であり、グレゴリウスが王位を簒奪したという真相には薄々気づいているものの、強大な兵力を掌握しているグレゴリウスに逆らうことができないようだ、と。

（領主たちがそう思うのも、無理はない……。彼ら

にとってなにより大事なのは、自分の領地の領民だ。領民を守らなければと思うのは、ごく当たり前のことだ）

だが、このままグレゴリウスが王となってしまったら、アーデンの民はもっと苦しむことになる。

事は、一部のガイドを見捨てれば済むという単純な問題ではない。差別は更なる差別を生み、弾圧は必ず激化することは、歴史が示している。

雨月や椿たちの協力もあって、今のところ隠れ里周辺のガイドは守れているとはいえ、今後ガイド狩りが他の地方に及んだらどうすることもできない。

アーデン全土の民を守るには、どうしたってグレゴリウスと戦わなければならないのだ。

王子である自分には国民を守る責務があるというのに、里に身を隠していなければならない今の状況がもどかしい。せめて自分の言葉で領主たちを説得しに行きたいし、力を貸してくれと頭を下げに行きたい。

だが、迂闊に動いて捕らえられでもしたら、なにもかも水の泡だ。両親の仇を討つことも、アーデンに平穏を取り戻すことも、できなくなる――。

（僕は、どうすればいいんだろう。どうすれば、アーデンの人たちを守ることができるんだろう）

手紙を手に、じっと町の方を見つめて考え込んだノイシュの耳に、こちらに近づいてくる足音が聞こえてくる。聞き慣れたその足音に、ノイシュは座ったままパッと後ろを振り返った。

「雨月さん……」

丘を上がってくる雨月の肩にいた九助が、こちらに飛んでくる。キュキュッと甘えるような声を上げて飛びついてきた九助を抱きとめたノイシュの隣に、雨月が腰を下ろした。

「浮かない顔だな。今日はそこまで顔色が悪いわけではないようだが、どうしたんだ？」

「……雨月さんに隠し事はできませんね」

察しのいい彼に苦笑して、ノイシュは手にしていた手紙を示して言った。

「オーガスト将軍からの手紙を読み返していたんです。それで、少し迷ってしまって……」

「迷い？」

はい、と頷いて、ノイシュは打ち明ける。

「僕は、このまま進んでいいのかなって」

どんな困難に見舞われようとも、アーデンの人たちのために尽くすことが自分の使命で責務だ。その思いは、ノイシュの中で揺らぐことはない。

だが、自分がグレゴリウスに勝てたとして、それは本当にアーデンの平和に繋がるのだろうか。

「もちろん、両親の仇は討ちます。グレゴリウスの横暴をとめるためにも、僕は兵を挙げたい。でも、その先は？」

きゅるりと瞳を煌(きら)めかせる九助を抱きしめて、ノイシュはじっと町の方を見つめた。

耳の奥には、先ほど町の様子を窺(うかが)った時に聞こえてきた言葉がこびりついている。

『センチネルを倒してくれるなんて、本当にオレたちの救世主だよな！』

『ああ、その通りだ。センチネルなんて、皆滅んじまえばいいんだ』――。

彼らの言葉は、おそらくこれまでもセンチネルに苦い思いをさせられたことがあるからこそのものに違いない。でなければ、ああいう言い方はしないはずだ。

王宮にいた時は想像もしなかったが、あれがアーデンの民の本音だ。自分の知らないところで、センチネルたちは民を虐(しいた)げ、嫌われている。

そんな現状で、このまま自分が王位奪還を目指すことが、本当にアーデンにとっていいことなのだろうか。五葉のセンチネルである自分が王位につくことを、彼らは心から望んでくれるだろうか。

「戦って、害悪を取り除いて、それで終わりじゃない。アーデンの人たちの生活はその後も続いていくし、僕はそれを平穏なものにしたい。でも、僕が王位についたところで、また同じことの繰り返しになるんじゃないでしょうか」

　父が統治していた時でさえ、センチネルは陰でガイドを虐げていたし、その実状を訴える民の声は父まで届かなかった。

　どれだけ目を光らせても、これまでと同じやり方ではなにも変わらないのではないだろうか。

　また、苦しむ人たちが出てくるのではないだろうか――。

「僕は……」

　自分が王位奪還を目指すのは、本当に正解なのか。

　どうしたら、アーデンの人々に安心で豊かな生活を送ってもらえるのか。

　考えれば考えるほど分からなくて、ぎゅっと九助を抱きしめて俯いたノイシュだったが、その時、傍らの雨月がやおら立ち上がる。

　顔を上げたノイシュに、雨月は手を差し伸べて言った。


「来い」

「え……」

「ここで考え込んでいても、答えは出ない。それに、知らないことは知って、学ぶしかないんだろう？」

　ノイシュの父の言葉を口にして、雨月は穏やかに微笑む。

「町に連れていってやる。実際にその目で見て、知って、答えを出せ」

「……っ、はい……！」

　雨月の一言に、ノイシュは大きく頷いて手を伸ばした。

　引っ張り上げてくれる力強い手に、鼓動が大きく踊り出す。

　煌めく陽光の下、高鳴る胸に頬を紅潮させて、ノイシュは一歩、踏み出した。

後でなにか食べ歩きできるものを買ってやろうと微笑みつつ、雨月は行くぞとノイシュを促した。

　ギュウギュウ不満を言う九助を椿に預けた二人は、麓の町に降りてきていた。

　ごく軽くではあるが二人とも変装をしており、里の者から服を借り、赤茶のウィッグを被ったノイシュは、一見するとごく普通の平民のようだ。雨月もまた、頬の鱗を隠すために髪型を変え、顔の半分を隠している。麓の町は東方からの移民が多いため、服や刀はいつものままだった。

「ここ、本当にアーデンなんですよね？　まるで異国みたいです」

　今まで視力を強化し、丘の上から人々の様子を窺ってはいたようだが、町並みにまで気を配る余裕はなかったのだろう。

　きょろきょろと辺りを見回すノイシュは、雨月の腕にぎゅっと掴まっている。町の音や匂いなどはノイシュにとって刺激が強すぎるため、自分の腕に掴

◆◆◆

　ずらりと並んだ木造の建物の軒下に、赤い紙で作られた丸いものが下げられている。

　ガヤガヤと賑やかな喧噪の中、大きく目を見開いてじっとそれを見つめているノイシュに、雨月は少し身を屈めて告げた。

「あれはランタンだ。東方の国でよく使われている灯りで、夜になったら中に火を灯して使う」

「ランタン……。あの、じゃああの屋台に下がっているのは？」

「唐辛子だな。隣国の幡国は、辛い料理で有名だ。料理によって何種類も唐辛子を使い分けるらしい」

「か、辛そうです」

　少し怯んだように言うノイシュだが、その小さな鼻は屋台から漂ってくる匂いにひくひくと忙しなく動きっぱなしだ。

まっているように雨月が言ったのだ。

「国境近くの町は、隣国の文化の影響を受けやすいからな。この町は特に東方の国との交易が盛んだ。住んでいる者も移民が多い」

「そうなんですね。あ、あれはなんですか？」

目を輝かせたノイシュが、声を弾ませて指さす。

あの食べ物はなんですか、あのお店は、と興味津々に聞いてくるノイシュに一つ一つ答えてやりながら、雨月は胸の奥をくすぐる甘やかな感情に内心苦笑せずにはいられなかった。

（……俺にこんな感情があったなんてな）

面倒見が悪い方ではないという自覚はあったが、それにしてもノイシュに頼られてこんなに心を浮き立たせているなんて、我ながら単純な男だなと自分に呆れてしまいそうだ。

（夜、ガイド狩りを阻止する時くらいしか里から出ていないからな。昼の町を見せてやりたいと思っていたが……、いい機会だったかもしれない）

興奮したように頬を紅潮させながらも、一番の目的である、町の人たちの様子をじっと見つめているノイシュを見やって、雨月はふっと口元をやわらかくゆるませた。

おそらくノイシュは、その特異な能力のせいで今までほとんど王宮から出られなかったのだろう。だが、彼がその状況に甘んじるような王子ではないことくらい、今まで見てきて十分に理解している。

ノイシュは、本当はこうして自由に町を歩き、国民の生活を直接知りたいと思っていたはずだ。

王宮を追われたことで自分と出会い、その思いが叶ったことは皮肉だが、彼にとっていい経験になったのならよかった。

叶うことなら、アーデンに限らず様々な場所に連れていって、彼がまだ見たことのない景色を見せてやりたい――。

そう思いかけて、雨月は自省した。

（……それこそ、余計な世話だ。ノイシュは今それどころじゃないし、なにより彼はアーデンを愛している。だからこそ、こうしてアーデンの民のことを知ろうとしているんじゃないか）

自分にできるのは、ノイシュが兵を挙げるまでの間、彼が国の実状を知る手助けをしてやることくらいだ。

間違っても、自分と共に生きてほしいなどと願ってはいけない。自分はいずれ、この地を離れなければならないのだから——。

「……っ」

と、自身を戒めた途端、胸の奥がズキッと痛んで、雨月は思わず息を詰める。気づいたノイシュが、こちらを見上げて問いかけてきた。

「雨月さん？　どうかしましたか？」

「……なんでもない。ああ、焼き団子が売ってるな。食べるか、ノイシュ」

「っ、はい！」

話を逸らした雨月に気づくことなく、ノイシュがパッと顔を輝かせる。どの味がいい、と選ばせてやりながら、雨月は心の中で唸った。

（呪いが牙を剝く、か……）

実は、先ほどのような胸の痛みに襲われるのは、初めてのことではない。ノイシュへの想いを自覚してから、雨月はもう幾度も強い痛みを感じていた。

彼のことを愛おしく思う度、胸の奥に激しい感情が渦巻く。

好きだ、可愛い、守ってやりたい、側にいてほしい、どこへも、誰にもやりたくない——。

そう思った途端、髪で隠した頰の鱗が、ジリッと焦げるような熱を持つ。

ノイシュにも、椿にさえも告げていないが、服で隠れている肌を覆う鱗は、急速にその範囲を広げている。ノイシュへの想いが深まるにつれ自身の竜化が進んでいることを、雨月は自覚していた。

おそらく、あの時レイヴンに告げられた一年という猶予は、もう随分短くなっているに違いない。

だがそれでも、できる限りノイシュの側にいたいと思わずにいられない。

彼が隠れ里を去るまで、両親の仇を取って自分の道を歩き出すまで、——自分が人間でいられる限界まで、ノイシュを支えてやりたい。

彼と共にいたい——。

「はい、お待ちどおさま。唐辛子味噌団子だよ。結構辛いけど大丈夫かい？」

「ありがとうございます。……頑張ります！」

屋台の店主から真っ赤な味噌が塗られた団子を受け取ったノイシュが、どこで食べればいいのかときょろきょろ辺りを見回す。

歩きながら食べるんだと教えてやると、ノイシュは驚いたように目を瞠った後、意を決したようにぱくっと団子にかぶりついた。しばらくもぐもぐと味わい、パアアッと顔を輝かせて声を弾ませる。

「美味しい！　これ、すごく美味しいです！」

「……激辛とあるが……」

看板に書かれた注意書きを見て、雨月はちょっと遠い目になってしまう。

五葉のセンチネルであるノイシュは味覚も鋭いため、普段の食事も味の薄いものを好んで食べているが、今は雨月の腕に摑まっている。どうやら元々の彼の味覚は激辛好きということらしい。

「舌がビリビリして面白いです！」

「……うん、まあ、美味いならいい」

見るからに辛そうな団子を幸せそうに頬張る姿に苦笑しつつ、雨月は胡麻がたっぷりまぶされた団子にかじりついた。

激辛味噌団子を食べ終えたノイシュが、ごちそうさまでしたと雨月にお礼を言って、団子屋の店主に話しかける。

「この町は、とても活気に溢れていますね。東方の国の方々だけじゃなく、他の国の商人の方もたくさんいて、驚きました」

「あんた、この町は初めてか？　なら、青嵐様のことも知らないのかい？」

「セイラン様、ですか？」

聞き返したノイシュに、店主が告げる。

「ああ。今の領主様さ。この町はほんの数年前まで、いけ好かないセンチネルの貴族が治めててね。ガイドや移民を差別していて、税も高くて大変だったのさ」

「……そうなんですか」

センチネルと聞いたノイシュが、少し表情を強ばらせる。店主はそれには気づかなかった様子で、自慢気に続けた。

「そこで立ち上がって下さったのが、青嵐様さ！元は幡国の豪商だったお方なんだが、領主の非道さを見かねて、他の商人たちと結束してね。領主が雇っていた兵たちを倍の値段で雇って、領主を追い出してくれたのさ」

「っ、すごい方ですね！」

財力もそうだが、そもそも豪胆さと人望がなければとてもできないことだ。

驚くノイシュに頷いて、店主が言う。

「フォルシウス陛下も、その領主のことは問題視していたらしくてね。すぐに罷免して、青嵐様を次の領主に据えて下さったのさ。青嵐様が治めるようになって差別はなくなったし、税も安くなって、本当に暮らしやすくなったよ」

町の活気はそのおかげさ、と話を結んだ店主に、他の客が声をかける。

ごちそうさまでした、と店主に礼を言うノイシュを促して、雨月は歩き出した。

雨月の隣を歩きながら、ノイシュが言う。

「父がこの町に直接関わっていたなんて、知りませんでした。そこまで町の人たちに関わりの深い領主がいることも……」

店主の話を聞いて、思うところがあったのだろう。真剣な横顔を見つめて、雨月は問いかける。

「会いたいか？」

「え？」

「この町の領主、青嵐に」

歩みをとめ、じっと見据えて聞いた雨月に、ノイシュが大きく頷く。

「会いたいです。オーガストの手紙には、こちらの町の領主は少し変わった方で協力は望めないとありましたけど……、でも僕は、話を聞いてみたい」

きっぱりと言ったノイシュに、雨月は微笑んだ。

連れてきた甲斐があった。

「……なら、行くか」

こっちだ、とノイシュを促して歩みを再開する。

驚いたように目を見開いたノイシュが、戸惑いの声を上げた。

「あの、雨月さん？　行くって、まさか……」

「ああ。実は青嵐とは知り合いでな。もしお前がこの町の領主に興味を示したら、連れていこうと思っていた」

思っていたより早く関心を持ってくれたがなと微笑む雨月に、ノイシュが慌てた様子で言う。

「あの、でもいきなり押し掛けてご不快に思われたら……」

「問題ない。そもそもあいつは、いつも不機嫌な男だからな」

半分冗談ではあるが、青嵐が大概不機嫌なのは事実だ。いつ行ったところで変わりはない。

「そうなんですか……」

納得しかけたノイシュが、パチパチと目を瞬かせ、ハタと首を傾げる。

「……問題なくないのでは？」

なにも解決してない！　と言わんばかりに目を見開くノイシュがおかしくて、雨月はつい、ぷっと吹き出してしまった。

「ああ、問題なくないな」

「雨月さん……」

わざとノイシュの言い方を真似してからかった雨月に、ノイシュがじっとりと恨みがましい目を向けてくる。悪かったと苦笑しつつ、雨月は少し拗ねたようなノイシュの横顔を見つめた。

　正体を伏せていても常にその立場に恥じない振る舞いを崩さない彼が、こんなに気安い表情を浮かべるのはおそらく自分の前だけだろうと思うと、嬉しくてたまらなくなる。

　誰の前であっても、なにも気負わずくるくると表情を変える、本来の彼でいさせてやりたいと同時に、誰にも知られたくないと利己的な思いを抱かずにはいられない。

　こんなにも遠慮のない愛らしい表情を、誰にも見せたくない。

　美しく気高いだけではない彼の魅力を、自分だけが独占したい――。

「……っ」

　頬の鱗にまたチリッと走った疼痛に、雨月は小さく息を詰めた。

　幸いノイシュは気づかなかったようで、いつも不機嫌ってどんな方なんでしょう、とこれから会う青嵐のことで頭がいっぱいな様子だ。

　真剣な表情を微笑ましく見つめながら、雨月は胸の内で呟いた。

（……もう少し、あと少しだけ、俺に時間をくれ）

　ノイシュが自分の足で歩き出すのを見届けられたなら、たとえ竜になっても構わない。その時は潔く、お前にこの身を明け渡す。――だから。

　身の内深くで渦巻く激情にそう呼びかけて、雨月はきつく眉を寄せた。

　賑やかな通りの両端で、真紅のランタンがゆらりと風に揺れていた。


　通された応接間は、ノイシュがこれまで見たどんな部屋とも違っていた。

　格子状の窓には美しい細工が施された硝子がはめ

込まれ、町でも見かけた赤いランタンが左右対称につり下げられている。床は石材で、部屋のそこかしこにある台の上には大きな青磁の壺や皿、赤い花が咲いている鉢植えの木などが飾られていた。

　中央には飴色に磨かれた大きなテーブルが据えられており、同じ木材で造られたイスがいくつか並べられている。

　ノイシュと雨月は隣り合ったイスに座り、先ほど執事らしき男性が淹れてくれたお茶を味わっていた。

（紅茶とはまた違う香りがする……）

　ふくよかな香りのお茶は、幡国で親しまれているお茶らしい。

　味わいや香りだけでなく、淹れ方や茶器も紅茶とは異なっていて、目の前で素焼きの小さな茶器に熱湯をかけてお茶を抽出しだした時には驚いた。だが、丁寧に淹れられたお茶は香り高く、とても口当たりがまろやかで飲みやすい。

「器までいい匂いがする……」

　飲み終えた茶器から上る残り香にノイシュが目を細めたところで、部屋の扉が開く。見ればそこには、長い黒髪を三つ編みに編んだ、怜悧な美貌の青年がいた。

　年齢は雨月と大体同じくらいだろうか。町中でも時々見かけた、コートのような形状の東方の民族衣装を着ている。

　扉を閉めた彼は、ノイシュを見つめたまま眉を寄せて言った。

「……不作法だが、茶の愉しみ方は知っている客人らしいな」

「そう言うな、青嵐。俺が思い立って連れてきたんだ」

　苦笑した雨月の言葉を聞いて、ノイシュは慌てて立ち上がって挨拶した。

「初めまして。私はノイシュ・シェーンベルグと申します。突然の訪問にもかかわらずあたたかいおもてなし、ありがとうございます」

「………」

ノイシュの名を聞いた青嵐が、不機嫌そうな顔をますます歪ませる。

「面倒ごとを持ち込みやがって……」

低く唸りつつ雨月を睨んだ青嵐は、ノイシュに向き直るとにべもなく言った。

「どうぞお引き取りを。挙兵の件なら、あの暑苦しい将軍にお断り申し上げたはずです。卑小な私めはこの町の維持で手一杯です、と」

「あの、ですが……」

「貴方が雨月の元にいることは、グレゴリウスの手下どもには黙っておきますよ。一応、椿さんにはお世話になっていますしね」

一方的に話を終えた青嵐が、くるりと踵を返して扉へと向かう。ノイシュは慌てて青嵐を追いかけて言った。

「ま……、待って下さい、青嵐さん。どうか私の話を聞いていただけませんか」

「その必要は感じませんね。最初から答えの出ている話を幾度もするなど、時間の無駄です」

きっぱりと言った青嵐が、扉を開けて手を打ち鳴らす。客人がお帰りだ、と廊下に声を響かせて、青嵐が続けた。

「辺境の民にとっては、国王が誰かなどどうでもいい問題です。誰が王となろうとも、私はこの町を守る。特に今は、王都から来た貴族どもがガイド狩りなどという蛮行に走っているのですから……」

忌々しげに唸る青嵐に、雨月がしれっと言葉を投げかける。

「そのガイド狩りを阻止しているのが、彼だと言ったら？」

「……なに？」

扉に手をかけ、今しも廊下に出ようとしていた青嵐が、バッとこちらを振り返る。驚いたように目を見開いた彼にまじまじと見られて、ノイシュは少したじろいでしまった。

悠然とイスに座ったまま、雨月が言う。

「お前の耳にも、『白き竜』の噂は入ってきているだろう？　あれは俺たちだ」

「………」

「とはいえ、俺や姉上は手を貸しているだけだ。始めたのは彼だ」

雨月がそう告げたところで、廊下の向こうから先ほどお茶を淹れてくれた執事が歩み寄ってくる。お呼びですかと声をかけてきた彼を、青嵐は手で制して下がらせた。

再び扉を閉めた青嵐が、ノイシュに向き直って問いかけてくる。

「先ほどの話は本当ですか？」

「……はい」

緊張しながらも頷いて、ノイシュはまっすぐ青嵐を見つめ返した。

「私が今日こちらに伺ったのは、挙兵のお願いのためではありません。先ほど町の様子を拝見して、この町を治めているのはどのような方なのだろうと思ったからです」

背筋を伸ばして、ノイシュはずっと抱えていた思いを告げる。

「私はこれまで、両親の仇を討ち、自分が王位につかなければならないと考えていました。ガイドを虐(しいた)げるセンチネルを諌(いさ)め、アーデンに平穏を取り戻したい、と。ですが、この国のセンチネルとガイドの問題は、私が考えているよりずっと根深かった」

父と同じことをしても、きっと根本的な解決にはならない。

アーデンの恒久的な平和を目指すなら、もっと違う道を探さなければならない――。

「私は未熟で、知らないことばかりです。ですから、どうか教えていただきたい。何故この町はこれほど栄えているのか。どうして差別を失くすことができたのか。どうすれば、アーデンの人々に平和で豊かな暮らしを送ってもらえるようになるのか」

「………」

「お願いします、青嵐さん。どうか、貴方がどうやってこの町を治めているのかお教え下さい……！」

頭を下げたノイシュを、青嵐はしばらく無言で見つめていた。

ややあって、ため息混じりに唸る。

「……少しは骨のある王子のようだ」

「ああ。だから連れてきた」

どこか得意気に言った雨月をじろりと睨んで、青嵐が言う。

「だからといって、面倒ごとには違いないんだが」

「知っている。俺も最初はそう思っていたからな」

苦笑ぎみに肩を揺らした雨月に、青嵐が少し驚いたように目を見開く。

「変わったな、雨月」

「そうだな。だが、悪くないだろう？」

「……お前、本当に雨月か？」

変わりすぎでは、と呆れた様子で部屋の中央へ戻った青嵐に、雨月が無言で肩をすくめてみせる。

すっかり置いてけぼりをくらったノイシュは、おずおずと声をかけた。

「あの……」

「なにをしているんですか。時間は有限ですよ」

しれっと言った青嵐が、素っ気なく続ける。

「貴方があの『白き竜』だと聞かされて、追い返すわけにはいきません。一応、この町の恩人ですからね。それに、挙兵の話ではないというのなら、まったくの時間の無駄というわけでもなさそうだ」

スッと目を眇（すが）めた青嵐は、優雅に手の平を返し、ノイシュにイスを勧めてくれた。

「どうぞ、そちらへ。まずは貴方がどうして雨月の元にいるのか聞かせて下さい。話はそれからです」

「……っ、ありがとうございます！　実は……」

急いでイスに座り直して、ノイシュは今までの経緯を話し出す。

夢中で語るノイシュを、隣に座った雨月が優しい目で見つめていた――。

◆◆◆

天井から吊された数個のランタンが、部屋をやわらかに照らしている。

昼間は遠くから聞こえてくる町の喧噪も、夜の帳が降りた今は鳴りをひそめていた。

「……ああ、今日は新月か」

青嵐の屋敷にある客室の窓から空を見上げたノイシュは、そう呟いた自分に少し驚く。

以前は、五感が最も穏やかになる新月の夜が待ち遠しくてたまらなかった。少しずつやわらいでいく感覚にほっとしながら、もうあと何日で新月になるか常に気にして過ごしていたのだ。

けれどここ数日、ノイシュはそんなことも頭に浮かばないほど穏やかな日々を過ごしていた。

雨月が共にいてくれたおかげで――。

（……本当に、全部雨月さんのおかげだな）

窓辺のイスに身を預けて、ノイシュはふうと息をついた。

　さらりと夜風に揺れた金色の髪が、首筋の薔薇の蕾をくすぐる。先ほど入浴した際に、いつも喉元に巻いている包帯とウィッグは取っていた。

　ノイシュが雨月に連れられて青嵐の屋敷を訪れてから、半月が経った。

　あの日、青嵐から様々な話を聞いたノイシュは、いったん隠れ里に帰ったものの、翌日すぐまた雨月に頼んで青嵐の元に連れてきてもらった。一日ではとても足りなくて、もっと話を聞きたくて、迷惑と知りつつも押し掛けたノイシュに青嵐は不機嫌そうな顔をしていたが、雨月曰く『あれは上機嫌の裏返し』だそうだ。

　少し分かりにくい面はあるものの、青嵐はノイシュがいつ行ってもまた来たのかと呆れ顔をしながらも相手をしてくれた。話に夢中になるあまり日が暮れてしまうこともしばしばで、今日はついに、もう遅いから泊まっていけと言われてしまった。

（幡国の料理、どれも美味しかったな……。雨月さんには少し、辛かったみたいだけど）

　しかめっ面で唐辛子をよける雨月をついじっと見ていたら、食べるか、とよけた唐辛子を譲ってもらえた。他の人のお皿から料理を譲ってもらうなんて不作法だったかもしれないが、雨月から追い唐辛子してもらった炒め物はとても美味しくて、完食してしまった。

　食べるかとは言ったものの、まさか完食するとは思っていなかったのだろう。目を丸くしていた雨月も珍しかったが、いい食べっぷりだとちょっと嬉しそうにしていた青嵐も結構珍しかったと思う。

　思い出してくすくす笑いながら、ノイシュは月のない夜空を見上げた。

　お風呂を借りた後は、また青嵐と話をした。

『なにより大切なのは、そこに暮らす人々の意見を政にどう反映させるかです』

そう言う青嵐は、王都では肉体労働しか許されていない移民にも積極的に役職を与えている。自身に面会を求める者には可能な限り時間を割き、身分にかかわらず会っているらしかった。それだけでなく、時間を見つけては町中を歩き、商人や農民に声をかけて話を聞いていると言う。

『すべての民の意見を政に取り入れることは、不可能です。ですが、より多くの意見を聞き、なにが最善か考えることを怠ってはいけない。それこそが人の上に立つ者の責務だと、私は思っています』

ノイシュも青嵐と共に町に出てみて感じたが、やはりこの町は王都よりも様々な人種の人々が集っていて、活気がある。町の人にも話を聞いたが、青嵐の噂を聞きつけて、才能はあるもののそれを活かす機会に恵まれていない人たちが集まってきているということだった。

青嵐の行っている政を知れば知るほど、この国は変わる必要があると思わずにはいられない。今までのように一方的に王や貴族が政を取り仕切るやり方では、この国は成長しない。

青嵐のように皆の意見をきちんと聞いて、人を活かす政がしたい。自分も青嵐のようになれたらと思ったノイシュに忠告してくれたのは、雨月だった。

『青嵐も、最初から今のように町を治めていたわけではない』

昼間、一緒に町に出た際に、雨月は商人たちと話し込んでいる青嵐を眺めつつそう言った。

『あいつも試行錯誤して、この町に合うやり方に辿り着いた。だから、あいつのやり方が正解だと思うのは早計だ』

どれだけいい方法に思えても、それをそっくり真似してはいけないと釘を刺して、雨月は微笑んだ。

『お前はお前のやり方を探せ。……大丈夫だ、お前ならきっとできる』

——まっすぐ向けられた優しい微笑みを思い出して、ノイシュは人知れず頬に熱を上らせた。

青嵐に引き合わせてくれただけでなく、的確な助言までくれる雨月には、本当にいくら感謝してもしきれない。連日青嵐のもとに向かうノイシュにも嫌な顔一つせず付き合ってくれるし、ガイド狩りを阻止する時もずっと側にいてくれる。

　なにより彼は、ノイシュのことを信じてくれている。能力があるからではなく、ノイシュ自身のことを信頼して、お前なら大丈夫だと背中を押してくれるのだ。

　これまでずっと周囲から心配ばかりされてきたノイシュにとって、雨月の信頼は大きな自信に繋がっている。

　雨月が自分のことを信じてくれていると思うだけで、なんだってできる気がしてくる。彼の信頼に恥じない人間でありたいと思うと自然と背筋が伸びるし、前を向くことができる。

　優しく微笑まれるともうそれだけで嬉しくて、抱きしめられると幸せで——。

（……どうしよう。僕、雨月さんのことが好きだ）

　このところ薄々感じていた恋情からいよいよ目を背けることができなくなって、ノイシュは小さくため息をついた。

　雨月に抱きしめられると、確かに五感は穏やかになるのに、心臓はドキドキと早鐘を打ってとても落ち着くどころではなくなる。

　身を離す時にはいつも寂しくて、でも自分はそんなことを考えてはいけないのにと思うと、どうしようもなく苦しくて。

（好きな人に優しくされるのがこんなに辛いなんて、考えたこともなかった）

　だって、雨月が自分を好きになってくれることは絶対にない。

　運命に縛られることを厭（いと）う彼は、薔薇の番（つがい）の契約を受け入れることはないと、最初に会った時にはっきり言っていた。

　その上で自分を助けてくれたのは彼の優しさであ

って、好意ではない。それが、苦しい。

（でも……、それでも僕は、雨月さんが好きだ）

　振り向いてはもらえないと分かっていても、それでも彼に惹かれずにはいられない。

　雨月のように誠実で優しい人が自分の薔薇の番で嬉しいと、心から思う。けれど一方で、彼が運命の相手でなければよかったのにとも思ってしまう。

　運命の相手でなければ、センチネルとガイドでなければ、自分がガイドとしての彼を求めているのではなく、雨月自身に惹かれていると分かってもらえただろう。

　たとえ想いが通じなかったとしても、胸を張って雨月が好きだと伝えられた。貴方が好きだと、口に出せた。

　だが、運命の相手だから、想いを告げることができない。

　自分が告げたら、きっと雨月を困らせてしまうと分かっているから——。


「……もう寝ないと」

　ツキンと、感覚が鋭くなっている時とはまた違う胸の痛みに眉を寄せて、ノイシュは立ち上がった。

　今までもっと苦しい思いも、痛い思いもしてきたはずなのに、こんな小さな棘のような痛みがなによりも堪えがたいと思ってしまうのは、きっと今夜が月のない夜だからに違いない。

　一晩頭を冷やして、明日の朝にはいつも通り、雨月に笑顔で挨拶できる自分に戻らなければ。

　そう思いながら寝台へと歩み寄ったノイシュだったが、そこでカタンと、廊下の方から小さな音が聞こえてくる。

（……もしかして雨月さんかな？）

　雨月が泊まる部屋は、ノイシュの隣だ。先ほどノイシュが部屋に引き上げた時、雨月は青嵐に話があると言って応接間に残っていたから、もしかしたら話を終えて戻ってきたのかもしれない。

（おやすみなさいの一言だけ、言いたいな……）

先ほど一晩頭を冷やさなければと思ったばかりだし、会えばまた苦しい気持ちになってしまうかもしれないが、それでも顔を見たいと思ってしまう。

ノイシュはそっと部屋の扉を開けて廊下に顔を出して——、目を瞠った。

「っ、雨月さん!?」

そこには、壁に寄りかかって苦しげに顔を歪める雨月の姿があったのだ。

「どうしたんですか……!?」

慌てて薄暗い廊下に飛び出し、ノイシュは切れ切れに低い呻きを漏らす雨月に駆け寄った。

部屋に戻る途中で体調を崩してしまったのだろうか。廊下に灯っている小さなランプでは様子がはっきりと分からないが、随分苦しそうな呻き声だ。

驚きつつも、ノイシュはとにかく横にならせないとと、雨月の腕をとろうとした。

「雨月さん、早く部屋に戻って……」

「っ、触るな!」

だが、ノイシュが触れた途端、雨月はバッとノイシュの手を振り払う。

「……雨月さん？」

「……っ」

常にない乱暴な仕草に驚いたノイシュだったが、目の前の雨月はノイシュの声が届くなり、ハッとしたように目を見開く。一瞬の後、きつく目を眇めた彼は、なにかを堪えるようにぐっと苦しげに顔を歪めて唸った。

「……すまない。だが、俺には構うな。一人で部屋に戻れるから……」

「でも……」

「ノイシュ」

そんなに具合が悪そうなのにと続けようとしたノイシュを、雨月が遮る。

「大丈夫だから、……頼むから一人にしてくれ」

「……っ」

頼むだなんて雨月らしからぬ一言に、ノイシュは目を見開いて固まってしまう。

だが、ハ……、と息を乱した雨月は、壁を伝いながら二、三歩踏み出した途端、その場にがくりと膝をついてしまう。

「雨月さん！」

「っ、俺に近づくな……！」

吼えるような一声に、ノイシュは反射的にびくっと肩を震わせたものの、すぐにぐっと腹に力を込めて言い返した。

「そんな状態で、なにを言うんですか。一人になんて、しておけるわけないでしょう」

さっと歩み寄り、雨月の傍らに膝をついて彼の腕を素早く自分の肩に回す。大きく息を呑んだ雨月が、悪夢にうなされているような声で唸った。

「やめ、ろ……」

「いいから、部屋に行きますよ。すぐそこですから頑張って下さい。……っ」

しっかりと雨月の体に腕を回し、懸命に立ち上がろうとする。しかし、体格が違いすぎるせいでまったく立ち上がれない。

「……っ、やめろと、言っている……！」

そうこうしているうちに、雨月が少し持ち直したらしく、立ち上がってノイシュから離れようとする。ノイシュはその隙を逃さず、雨月にしがみつくようにして身を起こした。

「っ、こっち、です……っ」

「離、せ……！」

よろめきつつも彼の部屋まで連れていこうとしたノイシュだったが、呻いた雨月に手を振り解かれてしまう。あ、と思ったノイシュが反射的に再度彼の腕を摑もうとしたその時、ドッと雨月が倒れ込んできた。

「……っ、だ、大丈夫ですか、雨月さ……」

屈強な体を受けとめきれず、そのまま廊下に倒れ込んだノイシュは、痛みを堪えつつ自分にのし掛かる男に声をかけようとして、大きく目を瞠った。

「え……」

太腿の辺りに、なにか硬いものが当たっている。

それは位置的に、雨月の両足の間で——。

「な……、なんで……？」

どうして勃起しているのか、何故今、と混乱のあまり思わず声を漏らしつつ、カアッと顔を赤くしたノイシュは、雨月の顔を見やって息を呑む。

「……っ、鱗が……」

雨月の顔の半分を覆う髪の合間から見えたその頬は、以前よりも随分と鱗が増えていたのだ。

今や目元の方まで広がっている漆黒の鱗は、ギラリと赤黒い光を発していて——。

「どうして……」

明らかにランプの灯りの反射ではないその煌めきに、ノイシュは戸惑いの声を上げた。

何故、鱗が増えているのか。どうして発光しているのか。

（いつから……）

愕然と雨月を見上げて、ノイシュは気づく。

そういえば雨月は、青嵐の元を訪れるようになってからずっと顔の半分を隠している。いちいち髪型を変えるのが面倒なのだろうとばかり思っていたが、おそらく自身の状態に気づいて、周囲に悟られないよう隠していたに違いない。

と、その時、雨月の頬の鱗がチカッと強く瞬く。

その途端、雨月がくっと苦し気に眉を寄せるのを見て、ノイシュはハッと目を見開いた。

雨月が今苦しんでいるのは、呪いのせいだ——。

「っ、雨月さん、呪いが……、呪いが進んでいるんですか？　どうして……！」

「…………」

あと一年猶予があるのではなかったのか。何故急に呪いが進行しているのか。

混乱しながら聞いたノイシュに、雨月がハア、と息をつく。ややあって、雨月は観念したように低い声で唸った。

「……レイヴンの、言っていた通りだ」

苦しそうに息を漏らしつつ、雨月がゆっくりと身を起こす。ぐ、うう、と呻き声を上げながら、雨月は廊下の壁に背を預けて座り込んだ。

ノイシュは戸惑いながらも身を起こし、彼の傍らに膝をついて問いかける。

「レイヴンさんの……？　あの、それってもしかして、呪いが牙を剝くということですか？　でもそれは、雨月さんが誰かを愛した時の話で……」

「……お前だ」

天井を仰ぎ見た雨月が、片手で目元を覆って唸る。低くかすれた声で、彼は苦しげに告げた。

「俺は、お前を愛してしまった。……呪いが進んだのは、そのせいだ」

「え……」

雨月の言葉に、ノイシュは大きく目を瞠った。

（雨月さんが、……僕を？）

告げられた言葉の意味が、咄嗟に理解できない。

雨月が自分を、――愛している？

言葉を失くして黙り込んだノイシュをどう思ったのか、雨月が壁に手をついて立ち上がる。よろめきながらも歩き出した彼を見て、ノイシュはハッとして手助けしようとした。――けれど。

「……っ、俺に触れるな！」

ノイシュが手を伸ばした瞬間、雨月が一喝する。

反射的にびくっと肩を震わせたノイシュに鋭い視線を走らせて、雨月は獣のような声で唸った。

「はっきり言わなければ分からないだろうから、言っておく。……俺は、お前に発情している」

「はつ……」

繰り返そうとした言葉を慌てて呑み込んで、ノイシュは視線を泳がせた。頬が熱い。

再び黙り込んだノイシュから目を逸らして、雨月が続ける。

「お前を愛おしく思う度、俺の中の竜がお前を求めて暴れ狂う。喰らってしまえ、自分のものにしてしまえと、昼も夜もなく唆してくる。……今の俺は、ただお前を組み敷いて貪ることしか考えていない、ただの獣だ」

「で……、でもそれは、呪いのせいで……」

雨月が何故しきりに自分を遠ざけようとしていたのか、どうしてあんな状態になっていたのかようやく理解できて口を開いたノイシュに、雨月が唸る。

「ああ、そうだ。だが、俺がお前を愛しているからこそ、呪いが牙を剝いた。お前を自分のものにしたい、抱きたいという欲望は、紛れもなく俺自身のものだ」

「だ……」

衝撃的な一言にカーッと頰に熱を上らせて、ノイシュはおずおずと雨月に問いかけた。

「あの……、でも、雨月さんは薔薇の番のこと、受け入れる気はないって……」

「……俺は、お前が薔薇の番だから惹かれたわけじゃない」

ぐ……、と苦し気な呻きを漏らしつつ、雨月が告げる。

「お前が王子だからでも、センチネルだからでもない。俺は、お前がお前だから愛してしまったんだ。お前でなければ、俺は……、っ」

「雨月さん！」

ぐら、と雨月の体が傾ぐのを見て、ノイシュは慌てて彼を抱き支えた。ぐっと顔を歪めた雨月が、きつく目を眇めて言う。

「……っ、触るなと……」

「僕もあなたが好きです！」

雨月を遮って、ノイシュは叫んだ。大きく目を見開いた雨月をまっすぐ見据えて、再度告げる。

「あなたが好きです、雨月さん。僕も、あなたがあなただから好きになりました。薔薇の番だからじゃなく、ガイドだからじゃなく、あなただから」

「な、にを……、っ！」

勘違いだろうとか、雰囲気に吞まれたんだろうとか、今にもそんなことを言い出しそうな雨月を見越して、ノイシュは彼にぶつかるような勢いで唇を重ねた。

「……、は……」

触れた唇の熱さに目眩がしそうだと思いながら顔を離すと、雨月が驚愕に目を瞠ったまま固まっている。その珍しい表情にもトクトクと鼓動が高鳴るのを感じながら、ノイシュは噛んで含めるように繰り返した。

「好きです、雨月さん。僕は、あなたが好きです」

今自分が置かれている状況だとか、雨月の呪いのことだとか、考えなければならないことはきっとたくさんあるのだろう。けれど、それよりも今はこの人に自分の想いを伝えたい。

この気持ちを、雨月に知ってほしい。

「あなたの優しく笑う顔が好きです。目の前で困っている人がいると助けずにはいられないところも。九助くんやお姉さん、里の皆さんを大切にしているところも好きです。戦う姿がカッコよくて、それから……」

思い浮かぶ雨月の好きなところを挙げていったノイシュだったが、その時、不意にふわっと体が持ち上げられる。

「え……」

「……っ」

ノイシュの両腿をまとめて片腕で抱え上げた雨月が、薄暗い廊下を進み出す。先ほどよりはしっかりした足取りではあるものの、その呼吸は浅く荒く、ノイシュは慌てて雨月の肩に摑まって訴えた。

「お、降ろして下さい、雨月さ……っ」

だが雨月はノイシュの言葉には応えず、そのまま自分の部屋へと入ると、扉を閉めてノイシュを寝台へ降ろす。加減をする余裕がなかったのだろう、結構な勢いでドサッと降ろされたノイシュは、身を起こしかけて小さく息を吞んだ。

睨むようにこちらを射貫く雨月の黒い瞳が、ランタンの赤い灯に燃えさかるように光っていたのだ。

ちょうど、彼の頬で煌めく鱗と同じように——。

「……勘違いだったと訂正するなら、今のうちだ」
ハ、と荒く息を切らせながら、雨月が呻くように言う。
「思い直すなら、逃げるなら、今のうちに……」

「逃げません」

両手でしっかりと雨月の頬を包み込んで、ノイシュはきっぱり言った。しゃり、と鱗が手の平に擦れる感触がする。

初めて触れたそれは、サラサラと少しくすぐったくて、じわりと熱を帯びていた。

「勘違いなんてしてませんし、思い直したりもしません。僕は、あなたが好きだ」

「……っ」

息を呑んだ雨月の、炎のように揺らめく瞳をまっすぐ見つめながら、ノイシュは言いきった。

「雨月さんこそ、逃げないで下さい。ちゃんと、僕の想いを受け取って下さい。ちゃんと、僕にあなたの想いを受け取らせて下さい」

優しい雨月が、ノイシュのためを思って言ってくれていることは分かっている。

けれど、たとえそうであっても、逃げてもいいなんて言わないでほしい。

他ならぬ雨月が、自分のこの想いを否定しないでほしい——。

ノイシュの言葉に込められた想いを、きちんと受け取ってくれたのだろう。

一瞬目を瞠った雨月が、すぐに眉を寄せてきつく目を眇める。

「っ、お前は……！」

唸った彼に、噛みつくような勢いで唇を奪われる。

すぐに潜り込んできた熱い舌を、ノイシュは戸惑いながらも懸命に受け入れた。

「ん……！　っ、んん……っ」

貪る、という言葉通りのくちづけだった。

じゅうと舌を吸われ、唇に歯を立てられ、あますところなく舌で暴かれる。

ぶつかり合う吐息がどちらのものか分からないほど解け合って、触れたくてたまらないと言葉より雄弁に語る指先に、寝間着の上から腕と言わず胸と言わず撫でられて。

「……っ、ん、ま……っ、待って、雨月さ……っ、破れるから……！」

一枚隔てられた布さえももどかしくてたまらないのだろう。寝間着を引き剝がそうとしている雨月に気づいて、ノイシュは懸命に首を横に振ってくちづけを解いて訴える。

「脱ぎます、から……。雨月さんも」

「……っ、すま、ない」

荒れ狂う獣性を堪えようとするように、フーッフーッと肩で息をしながら雨月が呻く。情欲に濡れた瞳が不安定に揺れているのに気づいて、ノイシュは身を起こすとぎゅっと雨月を抱きしめた。

「……大丈夫ですよ。僕は逃げたりしません。だから、安心して」

「ノイシュ……。……ああ」

ほっとしたように息をついた雨月が、ノイシュを抱きしめ返してくる。強ばった肩を幾度も撫で、彼の呼吸が落ち着くのを待ってから、ノイシュはそっと身を離した。

ワンピースのような形の寝間着を頭から脱いでしまえば、あとは下着しか身につけていない。羞恥を堪えつつそれも足から抜いて、ノイシュは寝間着とまとめて寝台の下に落とした。

バサバサと自分の服を脱いだ雨月が、ノイシュに手を伸ばしかけたところでぴたりと動きをとめる。

じっとこちらを見つめたままなにも言わない雨月に、ノイシュは心配になって問いかけた。

「雨月さん？　もしかして、苦しいんですか？」

先ほどのように呪いの影響で苦痛を感じているのだろうかと思ったノイシュだったが、雨月は少し苦しそうにしつつも首を横に振る。

「いや、そうじゃない。まったく苦痛がないわけじゃないが、お前が俺と同じ気持ちだと分かったからな。さっきより随分ましだ。そうじゃなく、……罪悪感が少し、な」

ふ、と自嘲するような笑みを零した雨月が、改めてノイシュを抱きしめる。

厚い胸元に抱き寄せられたノイシュは、鍛え上げられた鋼のようなその体にそっと腕を回した。肌を覆う鱗が、発熱したみたいに熱い。

雨月がノイシュの髪を指先で梳きながら告げる。

「お前は、誰かに身を預けるのは初めてだろう。それなのに、俺の都合でこんな形で触れていいのかと、そう思ったんだ」

「……でも、こんなことがなければ雨月さんが僕に想いを伝えてくれることはなかった。でしょう?」

雨月が竜の呪いが進んでいることを隠そうとしたのは、ノイシュに自分の想いを悟らせまいとしてのことだ。両親の仇を討ち、王位を取り戻そうとしているノイシュに想いを告げることなどできないと、そう考えてのことだろう。

広い背を精一杯抱きしめて、ノイシュは目を閉じた。大好きな人の匂いを胸いっぱいに吸い込んで、告げる。

「どんな形であれ、僕はあなたの想いを知ることができて嬉しいし、初めての相手があなたで嬉しいです。できたら最後もあなたがいいし、あなたの最後も僕だと嬉しい」

自分はともかく雨月もだなんて、望みすぎだろうか。だが、それが偽らざる自分の本音だ。

包み隠さず気持ちを伝えたノイシュに、雨月が少し躊躇うように口を開く。

「だが、俺はいずれ竜に……」

「竜になんて、させません」

雨月の言葉を遮って、ノイシュは彼を抱きしめる腕にぎゅっと力を込めた。

「あなたが竜になりたいのなら別だけど、そうじゃないのなら、僕のせいであなたが竜になるなんて、絶対にさせない。たとえあなたが構わないと言っても、僕は嫌です」

竜の呪いが進んでいると自覚していてなお、雨月はノイシュの側にいてくれた。優しい彼のことだから、きっと自分が竜になろうと構わないからノイシュを支えようと考えていたに違いない。

彼の気持ちは嬉しい。だが、ノイシュが欲しいのは彼の献身ではない。

強欲で身勝手かもしれないが、ノイシュは雨月のすべてが欲しいのだ。

ノイシュは顔を上げると、雨月をまっすぐ見つめて告げた。

「僕は、この国を救いたい。でも、そのためにあなたと共に歩むことを諦めたりはしません。この先どうなるかも分からないし、どうしたらいいのかもまだ手探りだけど、でも、僕は必ず答えを見つけ出します」

どっちもなんて、不可能かもしれない。けれど、諦めてしまったら絶対に手に入らない。

だから、諦めず願い続けるし、努力し続ける。

「僕は欲張りだから、あなたの全部が欲しいんです。……くれますか、雨月さん」

なんて傲慢(ごうまん)なと、呆れられるかもしれない。でも、彼のことだけは譲れない。

強い意思を滲ませて聞いたノイシュに、雨月がふっと微笑んで頷く。

「……ああ。お前になら、全部やる」

目を細めた雨月が、そのままノイシュにくちづけてくる。

額、目元、と下がってきたキスを唇で受けとめて、ノイシュは雨月に覆い被さられるまま寝台に背を預けた。

「ん……、雨月、さ……、ん」

先ほどよりは穏やかに、けれど吐息の熱さは変わらないまま、雨月が舌を絡ませてくる。少し苦しくて、でも嬉しくて、ぎゅっと雨月の首元にしがみつきながら、ノイシュは夢中で深いキスに応えた。

「ん、は……、触っても、いいか?」

くちづけを解いた雨月が、かすれた低い声で問いかけてくる。

膨れ上がる情動を、必死に堪えているのだろう。彼が荒く息をつく度に、肌を覆う黒い鱗がサアッと波打ち、熱を帯びて煌めいている。

ノイシュは逞しい腕を覆う鱗を撫でて頷いた。

「は、い……っ、ん……!」

ノイシュの答えを聞くや否や、熱い指先が伸びてくる。ノイシュの首筋の痣(あざ)をするりと辿った雨月は、明確な意図を持って胸の先を指の腹で撫でた。

「……っ、ん……」

両手でノイシュの胸元を包み込むようにして、雨月がくちづけてくる。甘く舌を噛まれながら両の親指の腹ですりすりとそこを撫で擦られて、ノイシュは込み上げてくる疼(うず)きに戸惑いの声を上げた。

「ん、ん……っ、あ……? なんか……、なんか、そこ……、んんっ」

「っ、ノイシュ」

ごく、と喉を鳴らした雨月が、身を屈めてノイシュの胸元に唇を寄せる。

あ、と思った時にはもう、ぴんと尖ったそれを舌先で舐め上げられていた。

「あっ、んっ、んんん……! なん……っ、なん、で……?」

雨月の舌の熱を感じた途端、下腹の奥がじんと甘く痺れて、むずむずともどかしいような、それでいて色鮮やかな快感に襲われる。

今日は新月で五感も穏やかなはずなのにどうしてこんなに感じるのか、そもそもそんなところ自分でさえもほとんど触ったことがないのにと混乱したノイシュだったが、雨月はハ……、と熱い息を零すと、反対側にじゅうっと吸いついてきた。

「ひぁ……っ、あ、あ、んんんっ」

たまらず雨月の頭にしがみついたノイシュに構わず、雨月がぷっちりと実ったそれを甘噛みし、そのまま先端を舌先で弾く。もう片方を指先に挟まれてこりこりと愛撫されながら、またちゅうっと吸われて、ノイシュはたちまちわけが分からなくなってしまった。

「ふ、あ……っ、あっあっんん……！」

「ん……、気持ちいいか、ノイシュ」

「んんっ、あ、あ……？　き、もち……？」

顔を上げた雨月に聞かれて、ノイシュはとろんと蕩(とろ)けた顔で頷く。

「ん……、気持ちい、です」

新月の夜以外、ほとんどいつも感覚が鋭いノイシュは、自慰も数えるくらいしかしたことがない。能力が発現した頃に精通は迎えていたが、ノイシュにとって自慰は快感よりも苦痛が強く、あまり積極的にしたいと思えるものではなかった。

けれど、触れているのが雨月だというだけで、こんなにも違うのかと驚くほど気持ちがいい。

こんな快感があるなんて、誰かと抱き合うことでこんなに満たされるなんて、思ってもみなかった。

「雨月さん、もっと……。もっと、触って下さい」

「……っ」

「雨月さんが触ってくれるとこ、全部気持ちいいです……」

うっとりと呟き、ぎゅっと雨月の頭を抱きしめたノイシュに、雨月はしばらく無言だった。ややあって、重いため息と共に低い唸り声が聞こえてくる。

「……お前は、俺を落ち着かせたいのか、煽(あお)りたいのか、どっちだ」

「え……、っ、あ」

身を起こした雨月が、ノイシュの足をぐいっと大きく開かせる。

あられもない格好に一瞬カアッと顔を赤くしたノ

イシュは、芯を持ち始めていた自身に雨月のそれがぴとりと重なってきて、大きく目を見開いた。

「っ、雨月さ……、あっ、んっ、んん……！」

一体なにを、と慌てるノイシュをよそに、雨月が大きなその手で二人の熱をまとめて包み込み、ゆったりと扱き出す。すぐにぐんと完全に上を向いた若茎に嬉しそうに目を細めて、雨月は手の動きを容赦のないものに変えていった。

「あ、あ……っ、ひあっ、あっあっあ……！」

今まで経験したことのない、純粋に気持ちがいいだけの強烈な快感に翻弄されて、ノイシュはぎゅっと目を瞑って敷布を握りしめた。けれど、急速に膨れ上がる甘い熱はとても堪えきれるものではなくて、切れ切れに雨月に訴える。

「雨月、さ……っ、だ、め……っ、だめ……！」

「……もっと触ってほしいんじゃなかったのか？」

ノイシュが何故制止しようとしているのかなど、すっかりお見通しなのだろう。

少し意地悪な色を乗せた声で囁いた雨月が、くりくりと濡れた先端を苛めながら問いかけてくる。

「それとも、これは気持ちよくないか？」

「あっあ……っ、気持ち、い……っ、い、から、だめ……っ」

「いいのか駄目なのか、どっちだ」

ふっと苦笑した雨月が、ぎゅうっと目を瞑っているノイシュの瞼にキスを落とす。空いている手でノイシュの腕を自分の首に回させた雨月は、ノイシュの唇の上で吐息を弾けさせた。

「キスしてくれ、ノイシュ。俺も、お前に触れられると気持ちがいい」

「ん……っ、ほ、んと……、ですか……？」

自分ばかりではないのかと、薄目を開けてノイシュが問うと、雨月が目元をやわらげて微笑む。

「ああ、本当だ。信じられないか？」

ぐいっと押しつけられた雄茎は、ノイシュのそれを押し潰してしまいそうなほど雄々しくて、硬くて、熱い。とろりと滴る蜜で花芯をしとどに濡らされて、ノイシュはあまりのいやらしさに目の前がくらくらしながらも雨月の唇に吸いついた。

「嬉、し……、嬉しい、です。ん……、雨月さん、好き……」

「……ノイシュ」
ハ、と強く息を零した雨月が、ノイシュの唇を啄みながら二人の熱を高めていく。
長くて巧みな指にぐちゃぐちゃに可愛がられながら舌を甘く嚙まれ、唇を吸われながら胸の尖りを軽く引っかかれて、ノイシュはあっという間に上りつめていた。

「ん、ふぁ……っ、あっあっあ……！」

「ん……っ」

ノイシュの熱が弾けたのと同時に、雨月が低く呻いてびくりと肩を震わせる。ぱたぱたっと下腹に散った白蜜に雨月も一緒に達してくれたことを察して、ノイシュは軽く息を弾ませながら雨月にくちづけた。

「雨月さ……、んん……」

「……愛している、ノイシュ」

囁いた雨月が、ノイシュの拙いキスに応えつつ、ゆっくりと髪や耳元を撫でてくる。

はふ、は……、とノイシュの息が落ち着くのを待って、雨月は少し身を起こし、指の背でノイシュの首筋をそっと撫でた。

五枚の葉を持つ小さな薔薇の蕾を指先で愛で、その茎をするりと辿ってから、ノイシュの目を見つめて問いかけてくる。

「俺がお前の薔薇を、咲かせてもいいか？」

「雨月さん……」

思わぬ一言にノイシュは軽く目を瞠り――、そして頷いた。

「はい。僕の番になって下さい、雨月さん」

「……ああ」

微笑んだ雨月が、ノイシュの襟足を指先で搔き上げ、唇を寄せる。

雨月の唇がそっと蕾に触れた途端、そこからやわらかな温もりが伝わってきて、ノイシュは静かに目を閉じた。

「ん……」

――自分の中に、あたたかな力が満ちていくのが分かる。

ひたひたと体中を、心を隅々まで満たしていく、穏やかで優しい温もり。

それは、世界中で雨月だけがくれる――愛だ。

「……お前が、俺の運命だ」

ふわりと蕾が綻び、ノイシュの首筋で一輪の薔薇が咲く。

その様を世界中でただ一人見届けた雨月が、咲き初(そ)めの薔薇に再度くちづける。

赤い花びらが一片、ノイシュの白い首筋を鮮(あざ)やかに彩(いろど)った。

自らつけたその印を愛おしげに撫でて、雨月が目を細める。

「俺はお前を選ぶ。他の誰でもなく、お前を」

「……雨月さん」

愛している、と囁きと共に落ちてきたキスに僕もですと囁き返して、ノイシュは笑みを浮かべた。

まるで、花が咲くような微笑みを。

窓から差すやわらかな光に、ノイシュはぼんやりと目を開けた。

（……ここ……？）

椿の屋敷とは違う部屋を見回そうとして、すぐ近くにあった綺麗な顔に息を呑む。

「……っ！　雨月さ……」

「ん……」

名前を呼んだ途端、低く呻いた彼が身じろぎする。

ノイシュは慌てて口を噤(つぐ)み、そっと彼の顔を覗き込んだ。

（寝てる……）

昨夜の記憶が甦ったノイシュは、気恥ずかしさに顔を赤らめながら、そっと自分の首筋を撫でた。

そこにある痣がどうなっているのか、見えないけれど分かる。

わざわざ集中して感覚を研ぎ澄まさずとも鮮明に伝わってくる音や光、香り。

満月の時のようにつぶさに、なにもかもすべてが五感に訴えかけてくるというのに、いつもそこに伴っていた苦痛は一切感じない。

まるで、これまでノイシュを拒み続けてきたこの世界が、ようやく受け入れてくれたみたいだ——。

（雨月さんが、薔薇の番になってくれたからだ）

咲いた薔薇は自分では見えずとも、今までとはまるで違うこの感覚が教えてくれている。確かに、雨月と自分は薔薇の番になったのだと。

首筋からそっと指先を離して、ノイシュは雨月の寝顔を見つめた。

いつもの雨月からは考えられないくらい、無防備な顔。綺麗な瞳を見ることも、穏やかな低い声を聞くこともできないのは少し寂しいけれど、初めて見る寝顔につい見入ってしまう。

そろそろ起きなければと思うし、鏡で痣を確かめたいけれど、このままずっと雨月の寝顔を見ていたいと思わずにはいられない——。

（雨月さん、なんだか可愛い……）

寝ころんだまま、ノイシュが雨月を見つめてくすっと笑みを零した時だった。

「……いつ起こしてくれるのかと、待っていたんだが」

「え……、……っ」

不意に雨月の唇が開き、からかうような色の声が紡ぎ出される。驚いたノイシュの目の前でぱちりと目を開けた雨月が、低い笑みを零しながらノイシュを自分の胸元へ抱き寄せた。

「おはよう、ノイシュ。お前よりは寝たふりがうまかっただろう？」

「え……、っ、え!?」

起きていたのか、一体いつからと戸惑っていたノイシュは、雨月の一言に更に混乱してしまう。

（寝たふりって……）

雨月の前で寝たふりをしたことなんて、一度しか心当たりがない。

目を見開いたノイシュは、微笑む雨月をまじまじと見つめて声を上げた。

「まさか……、気がついてたんですか!? 僕があの時、本当は寝てなかったって……」

「ああ。随分不器用な甘え方だと思っていた」

ふっと笑みを深くした雨月に、ノイシュは二の句が継げず、カーッと顔を赤く火照らせた。

（確かに雨月さん、あの時、不器用な奴だなって言ってたけど……っ）

まさかそんな意味だったとは、思ってもみなかった。話の流れでなんとなくそう言ったのかとばかり思っていた――。

「う……、ぐ……」

寝たふりをしてごめんなさいなのか、気づいてたのに知らないふりをしてたなんてずるいですなのか、知っていて甘やかしたなんてやっぱりずるいですなのか。

もうなにをどう言えばいいのか分からず、呻き声を上げて雨月の胸元に顔を埋めたノイシュの髪が、長い指でさらりと梳かれる。

「ノイシュ、おはようは？」

「………」

「言ってくれないのか？」

低くて甘い声は、優しいのにからかうような響きも滲んでいて、少し意地悪だ。

つんつんとねだるように一房、髪を軽く引っ張られて、ノイシュは真っ赤になった顔をおずおずと上げた。

「……おはよう、ございます」

「ああ、おはよう」

満足そうに微笑んだ雨月が、ノイシュの額にくちづけを落として聞いてくる。

「体調は？　どこかおかしなところはないか？」

薔薇の番の契約を結んだ影響がないかどうか心配してくれているのだろう。

（……やっぱり雨月さん、優しい）

意地悪だなんて思って悪かったなと反省して、ノイシュは素直にお礼を言った。

「ありがとうございます、なんともないです。あの、もしかして雨月さん、それを心配して僕を寝かせておいてくれたんですか？」

寝顔を見られていたなんて恥ずかしいが、気遣いは嬉しい。少し照れつつもにこにこと微笑んで聞いたノイシュに、雨月がしれっと言う。

「いや、どちらかというと寝顔が可愛くて、つい起こしそびれた」

「か……」

臆面（おくめん）もなく言われて、ノイシュは再び真っ赤に茹（ゆ）だってしまう。

「……からかわないで下さい」

「俺は冗談は苦手だ」

いつかと同じ言葉をこの上なくやわらかい声で告げて、雨月が微笑む。

（……やっぱり意地悪だ）

でも、雨月がこんなことを言うのはきっと自分だけだろうと思うと、なんだか嬉しくなってしまう。

ノイシュは苦笑を浮かべると、雨月におはようのキスをして聞いた。

「雨月さんこそ、体調はどうですか？」

昨夜のように苦しんでいる様子はないし、見る限り顔色も悪くなさそうだが、雨月は呪いが進行していることをずっと黙っていたくらいだ。

無理をしているのではと心配になったノイシュに、雨月が微笑む。

「ああ、大丈夫だ。今は驚くほど体が軽いし、苦痛もない」

「……それならよかったです」

思い返せば、呪いが進んだのも雨月がノイシュを好きになったからだし、昨夜もノイシュが想いを告げたら少し苦痛がやわらいだ様子だった。この呪いは、かけられた者の心境が大きく関わってくるものなのかもしれない。

ほっとしたノイシュに、雨月がそっと手を伸ばしてくる。

さらりと頬を撫でた雨月は、目を細めて言った。

「……綺麗だ」

どうやらノイシュの首筋にあった薔薇の蕾は、頬の下部に花弁を広げているらしい。

そうっとなぞる指先がくすぐったくて、ノイシュは小さく笑いながら、自分も手を伸ばして雨月の頬にふれる。朝陽に煌めく鱗をさりさりと撫でて、ノイシュは微笑んだ。

「お揃いですね」

「……ああ」

雨月の呪いと自分の能力は、どちらも自身を蝕み、苦しめるものだ。

まったく同じものではないけれど、それでも他の人にはない苦しみをこの人と共に背負っていると思うと心強い。

(……綺麗だ)

雨月と同じことを思いながら、ノイシュは彼の頬に散る鱗を見つめた。

さらりとした鱗は昨夜のように赤い光を放ってはいなかったけれど、その数を減らしてもいない。いくら症状が落ち着いたとはいえ、進行した呪いが元に戻るということはないようだ。

(雨月さんがこの国にいられる時間は、きっともう残り少ない。でも、僕にはまだ、この国でやらなければならないことがある……)

自分の務めを放り出すようなことはしないし、雨月と共に歩むことも絶対に諦めない。だが、どちらも叶えるためには急がなくてはならない。

（……大丈夫。僕には、雨月さんがいてくれる）

やわらかな朝陽に照らされた、夜の海のように深い色の瞳を見つめて、ノイシュはそう強く思う。

この人と一緒なら、この人と一緒にいるためなら、きっとどんな困難も乗り越えられる——。

と、その時、ノイシュの耳に急いで階段を駆け上がる足音が聞こえてくる。聞き覚えのあるその足音は、青嵐のものだった。

「雨月さん、青嵐さんが来ます。なんだか慌ててるみたいです」

「青嵐が？」

朝から屋敷の主が客室に来るなんて、なにかあったとしか思えない。

訝しげに言った雨月が、とりあえずお前はそこに、と寝台を出て衣服を身につける。一応自分もと下着を身につけたノイシュだったが、寝間着を着直すより早く青嵐が部屋に飛び込んできた。

「雨月！　雨月、大変だ！　……っ!?」

血相を変えた青嵐が、半裸の雨月とノイシュを見て、目を見開いて固まる。雨月がため息をつきつつ上着に袖を通して、青嵐に聞いた。

「説明は後でする。それで、なにが起きた？」

「……あ、ああ。……隠れ里が、グレゴリウスの兵に襲われたそうだ」

うろたえつつも頷いた青嵐の言葉を聞いて、ノイシュは寝台から飛び降りた。

「っ、それは本当ですか!?　皆は……、皆は無事ですか!?」

「落ち着け、ノイシュ。青嵐、詳しく話してくれ」

今にも青嵐に掴みかかりそうなノイシュを制して、雨月が先を促す。だがその声は低く剣呑で、彼もまた、この非常事態に冷静ではいられない様子だった。

青嵐が柳眉を寄せて告げる。

「多少怪我人は出ているが、皆命は無事のようだ。ただ、椿さんが……」

「っ、姉上が、なんだ」

カッと目を剝いて問いかけた雨月に、青嵐が視線を落とす。

「……どうやら、さらわれたらしい」

「……っ、雨月さん……」

息を呑み、ノイシュは雨月を見上げた。

茫然としているその頰で、漆黒の鱗がギラリと赤く、光った——。


こちらへ、と最後の一団を裏門に引き入れて、ノイシュはほっと息をついた。ここまで辿り着けば、もう心配はない。

ノイシュの後に続いて裏門から青嵐の屋敷に入った一同が、口々にノイシュに礼を言う。

「ありがとう、あんたは俺たちの恩人だ」

「本当にありがとうな、ルイス」

「いいえ。さあ、広間へ行きましょう。皆さんもいらっしゃいます」

あちらです、と一同を促して、ノイシュは広間へと向かった。

——早朝、青嵐の元に隠れ里が急襲されたと知らせに来たのは、ランディだった。

里が焼き打ちされた際、椿はランディにアンや他の子供たちを連れて、里から離れた森に隠れるよう指示した。なにがあっても敵がいなくなるまで絶対に出てくるな、万が一の時は青嵐を頼れ、と。

雨月に連れられて度々町の様子を見に来ていたランディは、青嵐とも面識があり、里の者だけが知っている抜け道も把握していた。そのためランディは椿の指示通り子供たちと九助を連れて身を隠し、夜が明けて敵が引き上げてからその抜け道を使って町へ逃げてきたのだ。

『逃げる途中、怪我をして隠れてる里の人に会ったんだ。それで、長が捕まったって聞いた。皆を逃がすために囮になったたって……』

涙を浮かべて報せてくれたランディの情報を元に、ノイシュはすぐに雨月と共に身を隠している仲間を探しに行った。

ノイシュの能力があれば、身を隠している者たちの居所を探れるし、敵と鉢合わせにならないよう行動することもできる。とはいえ、町や森にはグレゴリウスの差し向けた兵が多数おり、その捜索の網目を掻いくぐって里の者たちを助け出すのは容易ではなかった。

だが、慎重に慎重を期して、遠回りを繰り返して何度も里の者たちを迎えに行き、数名ずつ青嵐の屋敷へと導いて、ようやく散り散りに逃げていた数十名を保護することができたのだ――。

（……でも、全員を助け出すことはできなかった）

互いの無事を喜びながら廊下を歩く里の人たちを見つめて、ノイシュは唇を引き結んだ。

逃げていた仲間たちの大多数を保護できたとはいえ、中には救出が間に合わず捕らえられてしまった者もいた。

感覚を強化していたノイシュは里の者が捕らわれる瞬間を何度も『視たり』『聴いたり』しており、自分の無力さに打ちひしがれずにはいられなかった。

だが、まだ無事な仲間を助けるためには歯を食いしばって駆け回るしかない。

ノイシュは幾度も悔しさを呑み込み、常に安全な道を探りながら里の仲間たちを探し回っては屋敷へと連れていった。雨月がガイドをしてくれたり、避けきれなかった危険に対処してくれたからここまでやれたが、一人だったら体力的にも精神的にもとっくに限界を迎えていただろう。

だが、まだこれで終わりではない。

（一刻も早く、捕らえられた椿さんと他の皆さんを助けに向かわないと……）

無事を喜び合う人たちもいる一方で、捕らえられた家族や友人を心配して顔を曇らせている人たちもいる。彼らの元に、早く大切な人たちを取り戻さなければならない。

ノイシュは真剣な表情で里の人たちから椿の話を聞いている雨月を見つめて、ぐっと拳を握りしめて廊下を進んだ。

大広間では、青嵐が彼の従者と共に負傷者の手当てにあたってくれていた。

ランディたちと共にいた九助が、ノイシュたちに気づいてすぐに飛んでくる。

「キュッ！」

「ただいま、九助くん」

会えて嬉しい、無事でよかったと全身で喜びを表現する幼竜に、ようやく少しほっとする。

ノイシュはぐりぐりと頭を擦りつけてくる九助を抱きしめて、雨月と共に青嵐の元へ向かった。

「……戻ったか」

少し疲れた様子ながら、あちらの婦人に毛布を、あちらの子供たちにはスープだ、と部下に的確に指示を出して、青嵐が歩み寄ってくる。

雨月が進み出て、彼に頭を下げた。

「助かった。お前が里の者を受け入れてくれなければ、どうなっていたか分からない。恩に着る」

「別に、お前のつむじを拝むために助けたわけじゃない。私にとっても彼らは大切な友人だ」

あちらへと促されて、ノイシュは雨月と共に広間の片隅へと座り込んだ。従者にお茶を頼んだ青嵐が、共に座り込んで告げる。

「グレゴリウスの兵には正式に抗議を申し入れているが、こちらが隠れ里と繋がりがあることは明かせないからな。結局、町中を武装した兵がうろついていることへの抗議くらいしかできなかった」

「それでも十分すぎるくらいだ。すまない」

眉を寄せた青嵐に、雨月がもう一度頭を下げる。

よせと言っただろうと不機嫌そうな顔をする青嵐を見つめて、ノイシュは切り出した。

「どうやら敵は、『白き竜』から隠れ里に辿り着いたようです」

一日中感覚を研ぎ澄ませていたノイシュは、敵兵が襲撃について話しているのを幾度となく耳にし、里の人たちからも話を聞いて、おおよその全貌を把握していた。

それによると、ノイシュと雨月が里を離れていた昨日、少し離れた村でガイド狩りが行われているという報せが里に入り、椿たちは突発的にその村に向かったらしい。だが、そもそもそのガイド狩りは罠だった。

ガイド狩りをしていたのは、グレゴリウスの差し向けたセンチネルの貴族だった。彼らは椿たち『白き竜』に負けて逃げたと見せかけて密かに尾行し、隠れ里の場所を突きとめたのだ。そして昨夜、隠れ里が襲われた――。

「……僕のせいです」

俯いて、ノイシュは呟いた。ノイシュの腕の中の九助が、キュルルル、と心配そうに見上げてくる。

いつの間にか大広間はシンと静まり返り、里の仲間たちもこちらの様子を窺っている。皆の視線を痛いほど感じて、ノイシュはきゅっと九助を抱きしめた。

なにもかも自分のせいだと思うのは、傲(おご)りだ。

雨月に言われた言葉を忘れたわけではないけれど、それでも今回ばかりは自分のせいだとしか思えない。

「僕が一緒に行っていれば、尾行に気づくことができたはずです。僕が里を不在にしたから、椿さんたちが捕らわれてしまった。皆さんを危険な目に遭わせてしまったのも、僕のせいです」

「いや、それは……」

隣の雨月が、なだめるように声をかけてくる。

しかしノイシュは俯いたまま頭を振って続けた。

「そもそも、僕が皆さんを巻き込まなければこんなことにはならなかった。僕が『白き竜』なんて始めなければ……」

「なんだよ、それ！」

だが、ノイシュが皆まで言い終わる前に、鋭い声が広間に響く。驚いて顔を上げたノイシュは、少し離れたところに立ち、こちらを睨み据えるランディに息を呑んだ。

「……っ、ランディさん……」

「そりゃ、オレは『白き竜』には参加させてもらえなかったけど、でも、長や皆は別にルイスに巻き込まれたわけじゃないだろ！　危険を承知で、それでもオレたちと同じガイドを一人でも多くガイド狩りから守ろうって決めたはずだ！」

憤慨するランディの側にいた一人が、頷いて立ち上がる。

「ランディの言う通りだ。昨夜だって、ルイスがいなくてもやろうと決めたのはオレたちだ」

「ああ、そうだ。だからあんたが気に病むことはないよ」

気にするな、あんたのせいじゃないと言ってくれる里の人々に、ノイシュは声を震わせた。

「皆さん……。でも、僕は……」

しかしそれ以上言葉が続かず、俯いてしまう。

里の人たちの気持ちは、とても嬉しい。

けれど、自分は王子だ。

守らなければならない民である彼らを、自分は危険に晒してしまった。それは紛れもない事実だ。

だが、身分を隠している身では、彼らに謝ることすらできない——。

「……っ」

「……なあ、ルイス」

言葉に詰まったノイシュに声をかけてきたのは、ランディだった。

「もしかして、自分が王子だからって責任感じてるのか？」

「え……、っ！」

目を見開いたノイシュは、そこでハッと自分の首筋に片手をやる。

そういえば、朝急いで青嵐の屋敷を飛び出したせいで、いつもの包帯を首に巻くのをすっかり忘れていた。それに、雨月と番となった自分の頬には、鮮やかな薔薇が咲いている――。

ドッと心臓を跳ね上がらせたノイシュの隣で、雨月が焦ったように声を上げる。

「待ってくれ、皆。これは……」

「隠さなくても皆もう知ってるよ。なあ？」

ランディの呼びかけに、一同が頷き合う。

「ああ。『白き竜』で一緒に戦ううちに、なんとなくそうじゃないかと気づいて長に聞いたんだ」

「長は、気づいたなら仕方ないって話してくれたぜ。まだルイス……、いや、ノイシュ様には知らないふりをしておいてくれって言われたけどな」

「椿さんが……？」

思ってもみなかった事態に、ノイシュは雨月を見やる。だが彼も知らなかった様子で、驚いた表情で首を横に振った。

進み出てきた一人が、ノイシュに言う。

「最初は、オレたちもあんたが王子だって言われて戸惑ったよ。国王陛下には恩があるが、センチネルは嫌いだし、グレゴリウスのことは憎くて仕方ない。……だが、あんたはあんただ」

「あなたは、グレゴリウスとは違う。あなたは私たちに、センチネルと戦うきっかけをくれた。昔の私たちのように虐げられているガイドを助けることができたのは、あなたが私たちの背中を押してくれたからよ」

女性の言葉に大きく頷いて、ランディがきっぱりと言う。

「ノイシュ様は、オレたちの仲間だ。長たちだってきっとそう思ってるし、町のガイドたちを助けるために戦ったことを後悔してないはずだ」

そうだ、その通りだ、と広間中の里の者たちが立ち上がる。

ノイシュは込み上げてくる熱いものに声を震わせずにはいられなかった。

「……っ、ありがとう……、ありがとうございます、皆さん……！」

いつか、彼らに自分が王子だと打ち明ける時が来たら、その時はたくさん謝らなければと思っていた。特にランディやアンは、グレゴリウスにひどい目に遭わされている。どれだけ謝っても許してもらえないかもしれないと思っていた。

しかし彼らは、ノイシュはノイシュだと言ってくれた。

里の皆がノイシュのことを仲間だと受け入れてくれた、そのことがなにより嬉しい――。

滲んだ涙を指の背で拭ったノイシュの肩を、雨月が優しくぽんぽんと叩く。

「……捕らわれた皆を、助け出そう」

立ち上がった雨月は、ノイシュに手を差し伸べて続けた。

「敵陣に乗り込むには、お前の力が必要だ。一緒に行ってくれるか、ノイシュ」

「はい、もちろんです……！」

雨月の手を取り、ノイシュも立ち上がる。ノイシュの腕の中の九助が、自分もと言わんばかりにキュウッと声を上げた。

やる気みなぎる幼竜に苦笑を零した雨月が、里の人々に向き直って言う。

「敵は近くの砦に泊まっているはずだ。すぐに乗り込むから、動ける者は力を貸してくれ。まずは……」

「待て、雨月」

だが、雨月の言葉を青嵐が遮る。小走りに近寄ってきた従者から小さな紙を受け取った青嵐は、それに素早く視線を走らせて告げた。

「見張りからの報告だ。どうやら敵は、椿さんたちを連れてすでに隣町に移動したようだ。馬を乗り捨てて王都に向かっているらしい。今から追いつくのは難しいだろう」

青嵐の一言に、一同がざわめく。ぐっと険しい顔つきになった雨月が、低く唸った。

「……おそらく、姉上だ」

「っ、まさか、グレゴリウスの薔薇の番だと知られたんでしょうか？」

だが、どうやって敵がそれを知ったのだろう。率いていた貴族が椿のことを見知っていたのだろうかと思ったノイシュだったが、雨月は首を横に振って言う。

「いや、姉上のことだ。自分から明かしたに違いない。……グレゴリウスに、復讐するために」

「復讐って……」

目を瞠って、ノイシュは言葉を失った。

椿がグレゴリウスに復讐する理由など、ただ一つだ。五年前、婚約者を殺された仇討ち――。

「で……、でも、捕まっているのにどうやって復讐するつもりでしょうか」

椿の気持ちは、グレゴリウスに両親を殺されたノイシュには痛いほど分かる。だが、囚われの身でどう一矢報いるつもりなのか。

動揺しながら聞いたノイシュに、雨月がゆるく首を振る。

「分からないが、なにか考えがあるはずだ。普段は表に出していないが、以前二人で酒を呑んだ時、グレゴリウスへの憎しみを口にしていた。あの人は、恋人を殺された恨みを忘れてはいない」

ぐっと眉を寄せて言った雨月に、青嵐が唸る。

「なるほど、それでこんなに早く敵が引き上げていったのか。大方、椿さんをグレゴリウスに引き渡して、お褒めにあずかろうという魂胆だろう」

青嵐の言葉を聞いた里の者たちが、血相を変えて声を上げる。

「長をグレゴリウスなんかに渡すもんか！」

「オレたちは長に救われたんだ！　今度はオレたちが長を助け出す番だ！」

「雨月、早く助けに行こう！」

そうだそうだと大きくなる声に、青嵐が顔をしかめて怒鳴る。

「落ち着け！　さっき追いつけないと言ったのを聞いていなかったのか!?　今からじゃ不可能だ！」

「……やってみなければ分からない」

唸ったのは、雨月だった。じろりと睨む青嵐をまっすぐ見据えて続ける。

「だが、敵はまだ町に兵を残してる。そう簡単に追えないことは事実だ。……だから、お前の助けを借りたい」

そう言った雨月は、青嵐に向かって深く頭を下げた。

「頼む、青嵐。俺たちだけでは姉や仲間を助けられない。どうか、お前の兵を動かしてくれ……！」

「僕からもお願いします、青嵐さん！　どうか力を貸して下さい……！」

ノイシュもすぐに深く頭を下げて頼み込む。里の人々も、次々にお願いします、どうかと青嵐に頭を下げた。

ぐるりと周囲を囲まれた青嵐が、大きなため息をついて雨月に言う。

「……私としても、友人の窮地を見過ごすことはできない。だが、兵を挙げるとなればグレゴリウスと全面対決することになるだろう。お前にその覚悟があっても、他の者はどうだ？」

雨月を睨み据えた青嵐が、立ち上がって周囲を見渡す。

「あなた方は、グレゴリウスと戦う覚悟があるか？　この町の兵を追い払ったとして、その後に待ち構えているのはグレゴリウスが差し向けてくる軍隊だ。今までガイド狩りをしていた連中とは訳が違う。戦いの規模も大きくなるし、今いる仲間を失うことだって当然あるだろう。それでも……」

「それでも、やらなきゃならないんです」

青嵐の言葉を遮って、一人が声を上げる。隣の男が、すかさず頷いて言った。

「長や捕まった仲間を見捨てることなんて、絶対にできない。それに、このままグレゴリウスを放っておいたら、オレたちガイドは一生逃げ隠れして生きなきゃならない……！」

「私たちの里は焼かれてしまった。一度ならず二度までも故郷を奪われて、黙ってなんていられない。たとえ他に味方がいなかったとしても、私たちはグレゴリウスと戦います……！」

私も、オレもだ、と里の人々が口々に叫ぶ。

彼らの声を聞き届けて、青嵐はノイシュに向き直った。

「君は、どうだ？　君には両親の仇を討つという大願があるだろう。もしここで君が敵の手に落ちたり命を失えば、この国はどうなる？」

「……もちろん、その危険はあります。ですが、逃げてばかりではなにも守れないし、変えられない」

青嵐を見つめ返して、ノイシュはきっぱりと言った。

「今この時、苦しめられている人たちを救えないで、国など救えません。しかもそれは、僕にとって命の恩人に等しい人です。絶対に、絶対に見過ごせるはずがない……！」

ぐっと強い眼差しで言い切ったノイシュを、青嵐はしばらくじっと見つめていた。やがて、ふっとその唇に微笑を浮かべて呟く。

「よく言った。それでこそ、私の弟子だ」

「……っ」

世にも珍しい青嵐の微笑みに驚いたノイシュだったが、青嵐は一瞬でいつものしかめっ面に戻ると雨月を呼ぶ。

「雨月、一緒に来てくれ！　君もだ、ノイシュ。二人を町の代表たちに引き合わせる」

「青嵐さん、それじゃ……」

声を弾ませたノイシュに、青嵐は頷いて言った。

「ああ。『白き竜』が助けを求めていると訴えれば、町の者たちは必ず協力してくれるだろう。私も説得する」

「……っ、ありがとうございます……！」

「恩に着る、青嵐」

礼を言って頭を下げた雨月に、青嵐が嫌そうに眉を寄せて唸る。

「だから、私はお前のつむじを見たいわけじゃない」

こっちだと青嵐に促されて、ノイシュは九助をランディに預けようとした。

「ランディさん、しばらく九助くんを……」

「ギュ」

しかし、引き離されることを察した九助が、ぎゅっと小さな前脚でノイシュの胸元にしがみつく。

「九助くん、あの……」

「ギ」

「お留守番、少しだけだから……」

「ギギ」

絶対嫌ですとばかりにぐりぐりと額を擦りつけてくる九助に、ノイシュは困り果ててしまった。

「九助くん……」

「ああ、ノイシュ。九助も一緒でいい」

気づいた青嵐が、声をかけてくる。

「九助がいれば、君たちが『白き竜』であるなによりの証拠になるだろう。それに、幡国では白い竜は吉兆（きっちょう）だ」

青嵐に頷いて、雨月も言う。

「この町の代表者たちは、半分はアーデンの民、もう半分は幡国出身の商人だ。験（げん）をかつぐ商人にとって、白い竜を無下に扱うことは避けたいところだろうな」

「……っ、でしたら僕も、両親の死の真相を訴えてグレゴリウスを打ち倒そうと呼びかけます」

代表者の半数がアーデンの民なら、そちらの説得は自分がすべきだ。ノイシュは青嵐と雨月を見据えて言った。

「オーガスト将軍にも連絡を取って、協力の約束を取り付けられた領主たちにも兵を挙げてもらいます。一斉に王都を目指そう、と……！」

「ああ、それがいいだろう。同時に複数の地方で兵を挙げれば、敵の戦力を分散させることができる。戦いに勝てば、味方も増えるはずだ」

雨月の言葉に頷いて、青嵐がノイシュと九助を見やる。

「そのためには、まずは君たちの働きが肝心だ。頼むよ、ノイシュ、チビ助」

椿と同じ呼称で呼ぶ青嵐に、九助が渋々といった様子でギュイイと返事をする。

不満そうに尻尾でべしべし腕を叩く九助に苦笑して、ノイシュは大きく一歩、踏み出した——。

◆◆◆

——その後の半月は、まさに怒濤（どとう）のようだった。

青嵐が集めてくれた町の代表者たちを説得したノイシュたちは、すぐさま反撃に出た。

捕らわれた仲間を取り返そうと一致団結した里の者たちと、『白き竜』に恩を返そう、今まで虐げられていた恨みを晴らそうと集結した町の者たちの勢いはすさまじく、ノイシュたちはすぐに町に残っていた敵兵を追い払い、王都へと向かった。

途中、青嵐が協力を呼びかけてくれた周辺の町の民や、駆けつけたオーガスト将軍の手勢と合流したこともあり、ノイシュたちは勝利を重ねていった。

生き延びた王子が国王夫妻の無実を訴え、グレゴリウスを糾弾（きゅうだん）しているという噂は、瞬く間にアーデン全土に広がった。

それまで辺境で行われているガイド狩りの噂を聞

き、次は自分たちの番ではと怯えていたアーデンの民たちは、ノイシュがガイドたちを助け出したと聞き、自分たちもと立ち上がってくれた。グレゴリウスの差し向けた貴族が自警団などに追い返されるようになり、国民感情は一気に反グレゴリウスへと傾いた。

ノイシュは行く先々で領主たちを説得し、民を守るために戦いに加わってほしいと頭を下げて回った。この国は変わらなければならない、それは今だと懸命に訴え、一緒に戦ってほしいと呼びかけた甲斐あって、反グレゴリウス軍は瞬く間に膨れ上がった。

そして王宮を追われてからおよそ一ヶ月後、ノイシュはようやく懐かしい王都へと戻った——。

早朝に火蓋が切られた戦いは、陽が傾き始めても終わる気配がなかった。

「……南西の川辺で負傷者が増えています。至急、救援に向かって下さい！」

王都のすぐ近くにある高台の本陣で視覚を研ぎ澄ませ、周辺の様子を窺っていたノイシュは、味方の苦戦をいち早く察知して指示する。はい、と駆け出した兵を見送ったノイシュは、九助を片腕に抱いたまま、今朝からずっとざわついている五感を鎮めるため、目を閉じてゆっくり深呼吸した。

ふうと大きく息をついたノイシュに、リンツが気遣わしげに声をかけてきた。

「ノイシュ様、少し休まれては……」

「いや、大丈夫だ。ありがとう、リンツ」

相変わらず心配性な侍従に、ノイシュは微笑んで礼を言った。

行方不明だったリンツがノイシュの元に駆けつけたのは、ノイシュたちが兵を挙げた数日後のことだった。

彼はノイシュとはぐれた後、どうにか追っ手から逃げきり、ノイシュの行方を探し続けてくれていたらしい。国境の町でノイシュが兵を挙げたことを聞きつけ、すぐにノイシュの元に来た彼は、ノイシュが薔薇の番である雨月を巡り会えたと聞いて号泣して喜んでくれた。

『ノイシュ様が……っ、ノイシュ様が薔薇の番のガイドを見つけられたなんて、こんなに喜ばしいことはございません……！』

『うん、ありがとう、リンツ。それでその、実は僕、雨月さんと恋仲になって……』

『…………』

『その、彼と人生を共にしたいと……』

『なりません』

『リンツ、でも』

『絶対に、断じて、なにがなんでも、なりません』

雨月と恋人同士になったと伝えた途端、涙を引っ込めて真顔になったリンツは、以降雨月がノイシュにふさわしい人間かどうか調べると言って、雨月の行動を小姑のように採点して回っている。

さすがに失礼だからとたしなめようとしたノイシュだったが、当の雨月は苦笑してそのままでいいと言った。

『やましいことはなにもしていないからな。それに、ずっとお前の近くにいた彼には、俺のことをきちんと知ってほしい。まあ、その上でなにか言われようとも、俺はお前を手放したりはしないが』

そう言って優しく目を細めていた彼は今、里の者たちを率いて、ノイシュのいる高台の後方にある山に身をひそめている。機を見て敵軍に奇襲をかけるためだ。

――ノイシュが目立つ高台にいる第一の目的は、王都を戦火に巻き込まないためだ。

ノイシュ率いる反グレゴリウス軍が急速に王都へ接近したことを受け、グレゴリウスは民に王都から出ることを禁じた。つまり、人質としたのだ。

そのためノイシュは雨月や青嵐と相談し、高台の目立つ場所に本陣を置いた。

今、グレゴリウスの側についている貴族はほとんどがセンチネルだ。その中にはグレゴリウスに追従している者もいるが、ノイシュの父が国を売ろうとしていたというグレゴリウスの主張に懐疑的な者もいる。そして、視覚や聴覚の鋭いセンチネルならば、王都からでもノイシュの姿や声を確認することができる。

そのことを利用して、ノイシュは彼らに訴えかけた。

グレゴリウスは反逆者であり両親の仇だ。彼のやり方に少しでも疑問を持っている者は、どうか私の元に来てほしい。私たちセンチネルは、昔奴隷扱いされて立ち上がったが、今やそれと同じことをガイドにしている。自分たちの過ちを認め、この国をよりよい国に生まれ変わらせよう、と。

ノイシュの目論見は当たり、良心のある貴族たちは次々に王都を脱出して味方になってくれた。それと同時に、グレゴリウスを支持する貴族たちがノイシュを黙らせようと血気に逸り、兵を率いて王都から出てくるようになったのが、数日前。

開戦した今もノイシュがこの高台に居続けているのは、第二の目的があるからだ。

すなわち、自分を囮にするためである――。

「リンツ、もう一度だ。頼む」

「はい、ノイシュ様」

リンツと手を繋いで、ノイシュは再びぐっと目を見開き、視覚に集中した。

高台の麓に広がる平原で戦うにあたって、ノイシュは雨月やオーガスト将軍と相談を重ねて、自分を囮にして敵を陽動する作戦を立てた。

おそらくグレゴリウスは当初、王都の民を人質にとって籠城戦に持ち込むつもりだったはずだ。

だが、ノイシュが高台から呼びかけたことにより、一部の貴族たちが功を焦って平原に出てきた。これは敵軍の統率がとれていない証拠で、実際今も敵軍の動きはバラバラで連携が取れておらず、投降してくる兵も跡を絶たない。

正直、この程度の敵ならば、今の市民軍の総力を上げれば殲滅することは可能だろう。だがそれをすれば、グレゴリウスは今後ますます守りを固め、籠城戦を徹底しようとするのは間違いない。戦いが長引けば、王都は食料の確保が難しくなり、人質となっている民が飢えて死んでしまいかねない。

そのため、ノイシュは今は守りに徹し、敵に攻めこませ、かといって、こちらの陣地へは入れないよう絶妙な塩梅で戦況を進めるようにオーガスト将軍に指示した。グレゴリウスの本軍が王都から出てくるのを誘うためである。

とはいえ、いくら戦いの経験が豊富なオーガスト将軍でも、勝ちも負けもしないという状況を維持するのは至難の業だ。そのためノイシュは、自らを囮とし、敵側のセンチネルたちが認識しやすいこの高台に居続けることにした。敵が不利になっても、もしかしたらノイシュを討てるかもしれないと希望を抱くように仕向けるために。

(勝負をかけるのは、グレゴリウスの本軍が王都から出てきた時だ)

遙か遠くに見える王都を見据えるノイシュの腕の中で、九助も同じ方向を見据えてギュッギュッと警戒するような声を上げる。

いくら命に背いて飛び出していった者たちとはいえ、味方を見殺しにすれば残りの貴族たちの反感を買う。離反者が多数出ている今、グレゴリウスはこれ以上味方を失わないためにも、兵を出すしかなくなるはずだ。

そこを狙って一気に正面突破し、同時に雨月が敵に急襲をかける。それが、ノイシュが立てた作戦だった。

当初、雨月はノイシュの側を離れることに難色を示した。特に今夜は満月で、日が傾けばノイシュは五感が過敏になり、身動きするだけでも苦痛を感じるようになる。万が一敵に攻め込まれれば、戦うどころではない。

　だが、ノイシュはそれこそが狙いだと雨月を説得した。

　自らもセンチネルであるグレゴリウスにとって、満月の夜に戦いを仕掛けるのは諸刃の剣だ。だが彼はそれを承知の上で、二ヶ月前の満月の夜に挙兵し、ノイシュの両親を殺した。

　グレゴリウスは、自分の不利を顧みず、相手の弱みに付け込む男だ。そして彼は、ノイシュが雨月という薔薇の番を得たことを知らない。

　グレゴリウスは当然、味方についているセンチネルを使って、こちらの様子を探っているだろう。だからこそ、雨月の存在を伏せ、咲いた薔薇の痣を隠して以前と変わらずリンツと共にいる姿を見せれば、ノイシュを追いつめられると踏んで必ず打って出てくる。

　それに、奇襲部隊は『白き竜』として何度も敵に奇襲をかけており、咄嗟の事態への対応力が高い里の者たちが適任だ。彼らを率いる適任者は、雨月をおいて他にいない。

　今はとにかく、一日も早くグレゴリウスを王都から引きずり出し、決着を着けるべきだ。そのためにも雨月には奇襲部隊を率いてほしいと説得するノイシュに雨月も最後には折れ、里の者たちと共に本陣を離れた。

　しかし奇襲をかけるには、雨月たちの動きを敵に気取られるわけにはいかない。センチネルが多数いる敵に近づくわけにはいかず、必然的に奇襲部隊は本陣よりも後方に控えることになる。

　そこからどうやって敵に奇襲をかけるのか。それは——。

「……っ、来た……！」

　と、その時、ノイシュの視界に王都から新たな軍勢が出てくる光景が映る。軍旗を確認し、それがグレゴリウスの本軍だと確信したノイシュは、数度瞬いて頭を振り、視覚を元に戻した。

リンツから手を離し、片腕に抱いていた九助を両手で抱き上げる。

「九助くん、出番だよ。よろしく……！」

「キュキュッ」

任せておけと言わんばかりに鳴いた九助が、赤く燃え始めた夕焼け空へ舞い上がる。後方へと飛んでいった九助を見送って、ノイシュは側に控えていた兵に告げた。

「こちらも打って出ます。全軍に合図を」
ハ、とかしこまった兵が、丘の上から合図のラッパを吹き鳴らす。すぐに兵たちが剣を抜き、あちこちからオオッと鬨の声が上がった。
「行こう、リンツ！　力を貸してくれ！」

「はい、ノイシュ様！」

ひらりと馬に飛び乗ったノイシュは、リンツに手を差し伸べて彼を自分の後ろに乗せる。ノイシュの腰に手を回してしがみついたリンツが、嬉しそうに、それでいて少し悔しそうに告げた。

「ノイシュ様がこうして周囲の者を気兼ねなく頼るようになられて、本当によかったと思います。ノイシュ様にとって雨月様は、それだけ頼りになるお方なのですね」

「……リンツ」

ノイシュの変化を喜びつつも、自分では頼りにならなかったのだと思って落ち込んでいるのだろう。

ノイシュは腰に回されたリンツの手をぽんぽんと撫でて言った。

「もちろん、雨月さんは頼りになるよ。でも、僕が周りを頼れるようになったのは、雨月さんが頼りになるからじゃない。一人でなにもかも背負い込むのは傲慢だって、そう言われたからだ」

「な……っ、あの男、なんと不敬な……！」

ノイシュの背後で、リンツが怒りにわなわなと震える。きっとすごい顔をしているんだろうなと苦笑して、ノイシュは告げた。

「でも、その言葉で僕は、自分がどれだけ自分勝手だったか気づいたんだ。そしてそれは、きっと雨月さんに言われた言葉だったから、受け入れられた」

「…………」

「僕にとってリンツは、頼りになる侍従だよ。昔も、今も」

　ノイシュの言葉を聞き届けたリンツが、ぎゅっと腕に力を込める。ややあって、リンツは少し震える声で言った。

「……当たり前です。僕は、ノイシュ様の一番の従者ですから……！」

「ああ。……行こう、リンツ」

　しっかり掴まってと声をかけて、ノイシュは馬の腹を蹴った。同時に、周囲へ号令をかける。

「進め！　一気に片を付けるぞ！」

　オオッと応じた兵たちが、ノイシュの周囲を囲みつつ敵陣へと突っ込んでいく。

　高台を駆け下りるとそこはもう戦場で、ノイシュは手綱を捌きつつ、長剣を抜いて応戦して叫んだ。

「……っ、投降せよ！　あなた方は本来、アーデンの民を守るための兵のはず！　民に刃を向けよと命じる者を王と仰ぐことはない！」

「ノ……、ノイシュ様……」

「ノイシュ様だ……！」

　ノイシュの姿を見たグレゴリウス軍の兵たちが、動揺して戦いをやめる。ノイシュはぐるりと周囲を見渡し、声を張り上げた。

「あなた方が本当に守りたいのは、家族や友人、大切な人たちのはずだ！　違うか！」

　打ち鳴らされる刃の音、馬の蹄の振動と、土と草の匂いに混じる、血の匂い。

　過敏になった五感がそれらを鮮明に拾い上げ、怒濤のようにノイシュに襲いかかってくる。

　懸命にノイシュを支え、感覚をやわらげようとしてくれている背中の温もりをありがたく思いながら、ノイシュはピンと背筋を伸ばして続けた。

「皆、今一度考えてくれ！　誰かの大切な人を平気で虐げる者に、本当に国を任せてよいのか！　王と仰いでよいのか！」

「………」

「家族や友人を守りたいと思うのなら、どうか私に力を貸してほしい！　頼む！」

ノイシュの必死な呼びかけに、兵たちの目に迷いが浮かび出す。と、一人がスッと構えていた剣を下ろして言った。

「……俺は、ノイシュ様につく。俺の家族や知り合いだって、もしかしたらガイドかもしれないんだ。このままじゃ、皆あの男に殺されかねない……！」

「お……、俺も、ノイシュ様に味方するぞ！」

私も、俺もだ、と次々に周囲の兵たちがノイシュに向けていた剣を下ろす。

ノイシュはほっとして、彼らに微笑みかけた。

「皆、分かってくれてありがとう。共に……」

――と、その時だった。

「ノイシュ様……っ！」

不意に、リンツが焦ったような声を上げるなり、身を乗り出してノイシュの横から抱きついてくる。

「っ⁉」

ノイシュが驚いて息を呑んだその瞬間、ドッと嫌な衝撃がリンツから伝わってくる。

肩を射貫かれ、ぐっと呻き声を上げたリンツが、バランスを崩して馬から落下した。

「リンツ！」

「ちっ、外したか……！」

驚いて手を伸ばしたノイシュの耳が、かすかな呟きを拾い上げる。ノイシュはすぐさま身を起こすと、背負っていた弓を構え、その声の主へと躊躇うことなく矢を放った。

「……っ！」

少し離れた場所からノイシュを狙っていた兵の眉

間を、まっすぐ矢が射貫く。驚いてどよめく周囲をよそに、ノイシュはバッと馬から降りてリンツを助け起こした。

「リンツ！　リンツ、しっかりしろ！」

「ノイシュ、様……。お怪我は……」

「っ、僕の心配より、自分の心配をしろ……！」

　動揺を押し殺しつつ、一緒にここまで来た市民軍の兵に声をかける。

「誰か、今すぐ彼を本陣へ連れ帰ってくれ！」

「駄目、です……、今、僕がいなくなったら、あなたが……」

「そんなことを言っている場合じゃないだろう！」

　自分が負傷したというのに、主の心配しかしない侍従を叱りつけたノイシュだったが、その時、近くで剣戟（けんげき）の音が再び上がり出す。

「王子、覚悟……！」

　どうやら、ノイシュ側に寝返らなかった兵が、今が好機だと踏んで攻め込んできたらしい。周囲の兵が、ノイシュを囲んで応戦し始める。

「ノイシュ様！　ここは俺たちが！」

「どうか侍従様を連れていったんお引き下さい！」

「……っ、だが……！」

　ようやくグレゴリウスの本軍が城から出てきた今、ここで引くわけにはいかない。どうにかして囲みを突破し、リンツを誰かに頼んで進軍する他ない。

　しかし、日暮れは刻一刻と迫っている。リンツの助けなしで、自分は敵と戦えるだろうか。

（……できるかできないかじゃない。やるんだ！）

　日没の迫る茜色（あかねいろ）の空を睨んだノイシュだったが、その時、一際大きなどよめきが近くで上がる。見れば、常人離れした大男が大刀を振り回してこちらに突進してくるところだった。

「オォオオオッ！」

「……っ！　リンツを頼む！」

　獣のような咆哮を上げて突っ込んでくる大男を見て、ノイシュは咄嗟に近くの兵に声をかけると、長剣を片手に駆け出した。

(狙いは僕だ……!　あんな大男に暴れられたら、リンツが危ない!)

敵の注意を引くため、わざと大男の前に踊り出て叫ぶ。

「来い!　お前の相手は私だ!」

「王子か……!」

ニタリと笑った大男からは、耐え難いほどの悪臭が漂っていた。過敏になった嗅覚が、血混じりの饐えたような強烈な匂いを拾い上げ、吐き気が込み上げてくる。だが、ここで引くわけにはいかない。

ノイシュは背後で倒れたままのリンツをチラッと見やると、ぐっと剣を握りしめて大男に突っ込んでいった。

「やあああ!」

「ハ、まるでガキじゃないか」

せせら笑った大男が、乱雑に大刀を振るう。太刀筋は滅茶苦茶だったがその膂力はすさまじく、ノイシュは紙一重で避けたものの、振り抜いた先にいた兵はギャッと叫んで吹き飛んだ。

「……っ」

吹き飛ばされた兵の鎧が大きく凹んでいるのを見て、ノイシュは思わず息を呑む。あんな一撃を食らったら、無事では済まない——!

「ちょこまか逃げやがって……!」

唸った大男が、ノイシュの脳天目がけて大刀を振り下ろす。ノイシュは両手で剣を構え、どうにかその大刀を受けとめた。だが、あまりの強力に剣が折れてしまう。

「く……!」

「王子の首、もらったあ!」

ニタア、と笑った大男が、悪臭をまき散らしながら再度大刀を振りかぶる。

ノイシュが思わず目を瞑った、——次の瞬間。

「ノイシュ!」

突如、上空から鋭い声が降ってくる。バッと顔を上げたノイシュは、飛来した影に目を見開いた。

「っ、雨月さん！」

――そこには、赤竜レイヴンの姿があった。

力強く翼を上下させて宙に浮いたレイヴンの背から、雨月がひらりと飛び降りる。

きつく目を眇めた雨月は、上空から飛び降りた勢いのまま、ぽかんと大きく口を開けている大男の顔面に強烈な蹴りを喰らわせた。

「うぐ……っ⁉」

よろめく大男をよそに、トッと地面に降り立った雨月がすぐさま刀をすらりと抜く。低い体勢で地を蹴った雨月は、一切の反撃を許さないまま、大男の首元に一太刀浴びせた。

「ぐ、あ……！」

ドォッと倒れ込んだ大男を踏み台に、こちらに剣を向けていた敵兵に切りかかる。鎧の隙間を確実に狙い、一振りごとに容赦なく敵を屠るその姿は、まさに鬼神のようだった。

（すごい……）

唖然として雨月の猛攻を見守っていたノイシュだが、雨月が次にギラッと鋭い視線を走らせた相手を見て、慌てて声を上げる。

「……っ、雨月さん、その方は味方です！」

ノイシュが叫んだ瞬間、先ほど投降した兵の喉元に突きつけられていた刀がぴたりと動きをとめる。

すんでのところで命拾いした兵がへなへなとその場にへたり込むのを見て、雨月が唸った。

「投降した者は、兜を脱げ。見分けがつかない奴は斬る……！」

雨月の一言に、それまで圧倒されていた兵たちが慌てふためきながら兜を取る。ノイシュが説得した時には寝返らなかった兵たちも、兜を取って降参の意を示していた。

「遅くなってすまない、ノイシュ」

ビッと刀を払った後、腕で刀身を挟んで血を拭った雨月が、刀を鞘に納めてノイシュに歩み寄ってくる。ノイシュは雨月に駆け寄って告げた。

「雨月さん、リンツが……！」

「っ、射られたか。……レイヴン！」

上空を見上げた雨月が、レイヴンを呼ぶ。大きく翼を上下させながらレイヴンが降りてくると、そのすさまじい風圧と現実離れした竜の姿に周囲がどよめき、後方へと下がった。

『こうして多くの人間たちの前に姿を見せるのは、何十年振りになるか……』

感慨深げに唸るレイヴンの周りでは、彼を呼びに行った九助が飛び回っている。背後の空では、里の者たちを背に乗せた竜たちが続々と前線へと飛んで行くのが見えた。

——本陣の後方に控えた雨月たち奇襲部隊を、奇襲部隊たらしめる切り札。それが、レイヴンたち竜一族だ。

グレゴリウス率いるアーデン軍は、この国で最も強い軍隊だ。いくら市民軍の数が膨れ上がり、各地の領主も兵を挙げたとはいえ、真正面からぶつかるのは分が悪すぎる。

そこでノイシュが考えたのが、レイヴンたち竜一族の力を借りることだった。ノイシュは九助に頼んでレイヴンを呼び出してもらい、竜一族に助力を頼んだのだ。

最初は人間の戦いに首を突っ込むことを渋っていたレイヴンだったが、ノイシュの必死の訴えに最後は折れ、一族を率いて参戦してくれることになった。

加えて、レイヴンはノイシュたちに会った後、九助の母竜の死の真相を調べ、そこにグレゴリウスが関わっていることを突きとめていた。

どうやらグレゴリウスは、竜の牙が妙薬になることを聞きつけ、九助を身ごもって一族の元を離れていた母竜を狙ったらしい。母竜が負っていた大怪我は、グレゴリウスの手勢によるものだったのだ。

同じく竜を倒したとはいえ、雨月の時とは違い、九助の母竜は人間に危害を加えていたわけでもない、善良な竜だ。同族を死に追いやったグレゴリウスを、竜一族が許すはずがない。

ノイシュたち市民軍に合流した竜一族は、雨月や里の者たちと共に後方に控え、奇襲部隊の翼となってくれたのだ——。

「レイヴン、リンツを本陣まで運んでくれ！」

「……っ、雨月、様……」

ドッと地面に降り立ったレイヴンの背に乗せられたリンツが、雨月を呼ぶ。痛みに顔を歪め、ぜいぜいと息を荒らげながら、リンツが雨月の腕を必死に摑んで言った。

「ノイシュ様を……、どうか……」

「ああ、分かっている。必ず守る」

「リンツ、すぐ手当てしてもらうんだ、いいね」

ぎゅっと手を握って言い聞かせたノイシュに、リンツが弱々しく頷く。キュウ、と心配そうに鳴く九助に、ノイシュは頼んだ。

「九助くん、リンツが落ちないように、レイヴンさんと一緒に行ってくれる？」

「……キュッ」

少し不服そうながらも、九助が了承の声を上げてリンツの隣に座り込む。

再び翼を広げたレイヴンが、黄金の目でじっと雨月を見つめて告げた。

『雨月、今宵は満月だ。我が一族の力、存分に役立てよ』

「……ああ」

呪いが強まった影響か、雨月はレイヴンたち竜の言葉が分かるようになっている。

頷いた雨月にゆっくりと瞬きをして、レイヴンが翼を羽ばたかせる。背に乗せたリンツを揺らさないよう、ふわりと浮かび上がったレイヴンが、本陣へと飛び去っていった。

「急所は外れている。大丈夫だ」

「……はい」

雨月に頷いて、ノイシュは遠ざかる赤竜の姿から視線を移した。心配でたまらないが、今はすべきことをしなければならない。

「ノイシュ、預かってくれるか」

腰に差していた刀を取った雨月が、ノイシュに差し出してくる。

両手で受け取ったノイシュを見つめる雨月の背後で、燃えるような夕陽が地平線に沈んでいった。

赤々とした光が、闇に呑み込まれていく。

金色の満月が輝き出し、星々の瞬きが強くなる。

夜が、始まる――。

「……お前は、俺が守る」

静かに目を閉じた雨月の頰で、漆黒の鱗が赤い煌めきを帯びる。

「必ず……！」

獣のような低い唸りと共にカッと開かれたその瞳は、黄金に輝いていた。

息を呑んだノイシュの目の前で、雨月の肌がサアッと鱗に覆われていく。夜の欠片のような黒い鱗を昼の残り火と月光に艶めかせながら、雨月はその体を瞬く間に大きく、大きく膨れ上がらせた。

「……っ」

固唾（かたず）を呑んで見守るノイシュの前で、巨大な黒竜がゆっくりとその頭をもたげる。

驚愕のあまり言葉を失っている周囲をよそに、竜に姿を変えた雨月は数度瞬いて口を開いた。

『……行こう、ノイシュ』

「っ、はい！」

促されたノイシュは、砕けた自分の剣の代わりに刀を腰に差し、弓を背負って雨月の背に乗った。戦いの最中に解けかけていた首の包帯と頰の当て布をむしり取り、雨月の上から兵たちに指示を出す。

「あなた方も、前線を目指して下さい！　勝って、アーデンを新しく生まれ変わらせましょう……！」

翼を広げた雨月が、力強く空へと舞い上がる。風圧に二、三歩後ずさった地上の兵たちが、ややあってワッと歓声を上げた。

「ノイシュ様に続け！」
「グレゴリウスを倒すんだ！」

　天高く拳を突き上げる兵たちの上を大きく旋回した雨月が、ぐんと高度を上げる。

『城を目指すぞ！　しっかり摑まっていろ！』

　そう言った雨月が強く翼を羽ばたかせ、一直線に戦場を飛び越えて王都の中央に位置する王城へと急ぐ。ノイシュはごつごつとした雨月の角に摑まって、吹きつけてくる強風に目を眇めた。

　高い空の上では、降り注ぐ月光も一層強い。けれど、たとえ竜の姿であっても雨月に触れていれば感覚の暴走に苦しめられることはないのは、もう知っていた。しかも。

（あの時より……、ううん、今までで一番遠くまで見えるし、かすかな音も聞き分けられる。誰がなにをしているのか、意識しないでも分かる……！）

　雨月と薔薇の番の契約を結んでから、自分の五感がより一層強くなったのは感じていたが、満月の夜は桁違いだ。

　剣を打ち交わして睨み合う兵たち、本陣に到着したリンツを医療班に運ぶよう指示している青嵐の声、味方を鼓舞するオーガスト将軍の怒号。

　地上で起こっているすべての出来事が手に取るように分かるのに、無理に感覚を強化した時のような苦痛も、あまりに多い情報量に混乱したり目眩を覚えることもない。

　雨月に触れているところから常に穏やかであたたかな温もりが流れ込んで、すべての感覚を穏やかに、それでいて鮮明に導いてくれている。

　茨（いばら）のようだった五感は、もうノイシュを傷つけることはない――。

（椿さんたちを探さないと……！）

　竜と里の者たちの奇襲部隊は、すでに町を越えて城へと辿り着き、城に残っていたグレゴリウス軍と衝突している。一刻も早くこの戦いに決着をつけるには、捕らわれた椿たちを助け出し、グレゴリウス

を討ち取らなければならない。

ノイシュは雨月の上で目を凝らし、耳を澄ませてあらゆる情報を探った。よく知った王城の隅々まで気配を探り、ついに見つける。

「……っ、雨月さん、あの塔です！　あそこに椿さんたちが閉じこめられています！　っ、グレゴリウスが塔に向かってます……！」

『急ぐぞ……！』

唸った雨月が、オォオッと咆哮を上げて竜たちに敵の居所を知らせる。敵を蹴散らしていた竜たちが、里の者たちを背に乗せて次々に飛び立ち、雨月の後に続いた。

「雨月さん、あそこです！　上から二番目の窓の近くに行って下さい！」

『ああ！』

ノイシュの誘導で、雨月が塔の外壁に爪を立ててしがみつく。ノイシュは雨月の背から塔に飛び移ると、窓から中に入った。

「ノイシュ!?」

塔の中には、さらわれた椿たちが一ヶ所に固まっていた。どうやら壁に繋がれているらしい。

「皆さん、今助けますから……！」

ノイシュが駆け寄ろうとしたその時、部屋の扉から武装した兵が二人、飛び込んでくる。どうやら外にいた見張りらしい。

「何事だ！　な……っ、ノイシュ王子!?」

ノイシュは躊躇うことなく雨月の刀を抜くと、彼らに斬りかかった。

「く……！」

「う、ぐあ……！」

隙をついて一人を倒し、すかさずもう一人に切っ先を向ける。すると、窓から覗き込んでいた雨月がグルルッと咆哮を上げた。

『ノイシュ、後ろに飛べ！』

「っ！」

頭で考えるより早く、体が雨月の言葉に反応する。

ノイシュが後方へと飛びすさると、すかさず雨月が炎を吐いた。球体状の炎の塊をぶつけられた兵が、悲鳴を上げてその場に倒れ伏す。

ノイシュは刀を納め、椿たちに駆け寄る。

「椿さん！　無事ですか!?」

「ああ、皆無事だよ。だが、この通りでね」

頷いた椿たちは、あちこちに痛々しい打擲の痕はあるものの、それ以外に目立った外傷はない様子だった。だが、皆両手を拘束され、鉄鎖で壁に繋がれている。

「待っていて下さい、今鍵を……！」

ノイシュは先ほど倒した兵士に駆け寄ると、懐を探って鍵を探した。だが、なかなか見つからない。

そうこうしているうちに、塔を駆け上がる複数の足音が聞こえてくる。

ノイシュは鍵を探すのをいったん中断して、雨月に告げた。

「グレゴリウスが塔を上がってきています……！　時間がない！　雨月さん、外から壁を壊して下さい！」

『分かった！』

「皆さん、壁から離れて！」

ノイシュの一言で、椿たちが壁からなるべく距離を取る。オオオッと外で一声上げた雨月が、その鋭い爪で塔の壁を破壊した。

鎖がついたままではあるが、自由に動けるようになった椿たちを見回して、ノイシュは言った。

「ひとまず逃げましょう！　竜の一族が協力してくれています。子供と女性から先に外へ！」

雨月の壊した壁のすぐ側に、竜たちが爪を立ててしがみつく。飛び移ってきた里の者たちが手を貸して、捕らわれていたガイドたちを竜の背に次々に乗せていった。

順番を待つ間にガイドの一人が兵士の懐から鍵を見つけ、残っている者たちの手錠を外して回る。

「よし、これで全員……！　椿さんも早く！」

最後まで残り、里の者たちを送り出していた椿に声をかけたノイシュだったが、椿は首を横に振って言う。

「……あたしには、やらなきゃならないことが残ってる」

『姉上！　今はそれよりも逃げることが先決だろう！』

他の竜たちを送り出した雨月が、椿に向かって吼える。黒竜に姿を変えた弟を見やって、椿がニヤッと悪戯っぽく笑った。

「悪いけど、今のアンタの言葉はあたしには分からないよ」

『姉上！』

雨月がなにを言いたいかなど、言葉が通じなくとも当然分かるはずだ。ノイシュは椿をまっすぐ見つめて言った。

「……椿さん、僕も同じ気持ちです。椿さんが残ると仰るなら、僕も一緒にグレゴリウスと戦います」

『ノイシュ!?』

「おや、話が分かるじゃないか」

うちの弟よりよっぽどいいと笑う椿に、ノイシュは雨月の刀を差し出して言った。

「丸腰では危険です。これを」

「あんたは？」

「僕には弓があります。それに、刀は使い慣れていないので」

元々剣よりも弓の方が得意だし、刀は剣とは扱いが違う。慣れない武器で戦うのは危険だと判断して、ノイシュは雨月を見やる。

「雨月さんの刀ですが、椿さんにお貸ししていいですよね？　……雨月さん？」

『……………』

黙り込んでいる黒竜に歩み寄って、ノイシュはその鼻先をぎゅっと抱きしめた。

「そんな心配そうな顔しないで下さい」

『……竜に表情などない』

「でも、あなたにはあります。たとえどんな姿でも、あなたが今どんな顔をしているのか、僕には分かります」

いつもと違う姿でもあなたはあなただと苦笑して、ノイシュは言った。

「決着をつけなければならない相手です。僕にとっても、椿さんにとっても」

『だが……』

「これ以上無駄な血が流れる前に、戦いを終わらせたいんです。どうか、僕たちに力を貸して下さい」

ちょうど今、空に浮かんでいる満月のような黄金の瞳をじっと見つめて、お願いしますと頼み込む。

ややあって、雨月がため息混じりに唸った。

『……背中に乗れ』

「雨月さん、でも……っ」

『俺は塔の中には入れない。戦うなら、塔の上にしろ』

それが条件だと言わんばかりの雨月に、ノイシュはパッと顔を輝かせた。

「ありがとうございます、雨月さん！　椿さん、雨月さんが塔の上まで連れていってくれるそうです」

振り返って告げたノイシュに、椿が受け取った刀を手にして言う。

「背中に乗った途端、皆のところに強制的に連れていかれたりしないだろうね」

『そんなことをすれば、姉上はその刀で容赦なく俺を斬るだろう。自分の刀で死にたくはない』

「……しないそうです！」

姉弟喧嘩の気配を察知し、要約して伝えたノイシュに、だったらいいけどねと椿が肩をすくめる。

椿に続いて雨月の背に飛び乗ったところで、部屋に複数の兵がなだれ込んできた。兵たちの背後から姿を現したグレゴリウスが、ノイシュを見てスッと目を細める。

「逃げ足の速さだけは一人前だな。臆病な父親の教えか？」

「……父上を侮辱するな」

あからさまな挑発に、ノイシュは懸命に心を落ち着けて答えた。

憎い、憎い相手だ。

できることなら今すぐ両親の仇を取りたいし、その口を永遠に黙らせてやりたい。だが、血気に逸っては相手の思う壺だ。

「上まで来い。決着をつけ……、っ!?」

場所を変えようと告げかけたノイシュは、皆まで言いかけたところで大きく息を呑む。

眼前に、常人ではあり得ない速さでグレゴリウスが迫っていたのだ。

「その必要はない。お前は今ここで死ね」

「……っ！」

『ノイシュ！　摑まれ！』

一声吼えた雨月が、バッと翼を広げて塔から離れる。迫る剣先に目を瞠ったノイシュのマントを、椿がぐいっと引っ張って叫んだ。

「……上まで来な！」

鋭く目を眇めて睨む椿に、崩れた外壁から身を乗り出したグレゴリウスが不快そうに眉をひそめる。

だが、さすがに空を飛ぶ竜を追うことはできず、グレゴリウスは身を翻して塔の中に戻っていった。

「な……、なんだったんだ、今の……」

人間離れした速さでこちらに迫ってきたグレゴリウスを思い返し、ノイシュは啞然として呟く。

王族としてそれなりの武術の心得はあるはずだが、先ほどの動きはそういった段階はとうに超えていた。あんなの、とても普通の人間とは思えない。

「……あれは、竜の力だ」

ノイシュに回していた腕を離して、椿が言う。

「あの男が国を簒奪したのは、なにも自分が王になるためだけじゃない。あいつは、宝物庫に保管されていた竜の牙をずっと狙っていたんだ。竜の牙には、竜の力が宿っているからね。あいつは竜の牙を粉薬にして飲んだんだ」

「……っ、確か、九助くんのお母さんも、グレゴリウスに牙を狙われて大怪我をしたって……」

少し前にレイヴンから聞いた話を思い出して告げたノイシュに、椿が苦い顔をする。

「なるほど、それで今回、竜一族が協力してくれたってわけかい。竜は一族の結束が強いからね」

『……宝物庫に保管されていた牙は、俺が倒した黒竜のものだ』

塔の上を目指しつつ、雨月が告げる。

『竜を倒した証明として、戦いの最中に折れた牙を持って帰った。グレゴリウスは九助の母親の牙を手に入れられなかったから、それを狙ったんだろう』

「今日は満月なのにグレゴリウスが苦しんでいる様子がないのも、その竜の力の影響なんでしょうか」

強いセンチネルであるグレゴリウスは、ノイシュほどではないにしろ、満月の夜は過敏になった感覚に苦しむはずだ。先ほど彼はガイドを連れていなかったにもかかわらず、苦痛を覚えている様子がなかった。

それも竜の力の恩恵なのだろうかと思ったノイシュに、椿が眉を寄せて言う。

「……どうだろうね。思えば五年前も、あいつは満月の夜に苦しんでいる様子はなかった。周囲のありとあらゆる音を聞いていることは確かだから、センチネルの能力が強いことは間違いないが」

『いずれにせよ、グレゴリウスが竜の牙で人間離れした力を手に入れたということは間違いないな』

話を聞いていた雨月が、苦々しげに唸りつつ塔の上に降り立つ。ノイシュと椿が雨月から降りたのとほぼ同時に、塔の中を上がってきたグレゴリウスたちが姿を現した。

弓に矢をつがえたノイシュを、グレゴリウスが冷たく澱んだ水底のような瞳で見据える。

「無駄だ。私に矢は当たらない」

「……やってみなければ分からない……！」

言うなり、ノイシュは強く引いた矢を放った。しかしグレゴリウスは、その矢をなんなくかわし、剣で叩き落としてしまう。

「無駄だと言っただろう。矢の音は分かりやすいからな。造作もない」

「く……！」

ならば、とノイシュは続けざまに何本も矢を放つ。しかしグレゴリウスは近くにいた兵の頭を掴むなり、すさまじい膂力で自分の前に引き寄せ、盾代わりにして突っ込んできた。

「……っ！」

『下がれ、ノイシュ！』

他に得物を持っていないノイシュの前に、雨月が飛び込んでくる。先ほどより勢いよく炎を吐いた雨月だったが、グレゴリウスはそれも盾代わりにした兵士で防ぐと、その場にその兵士を打ち捨てて長剣で斬りかかってきた。

『く……！』

鋭い爪で応戦した雨月が、グレゴリウスの腕に喰らいつこうとする。だが、グレゴリウスはそれをすんでのところでかわすと、雨月の鼻先を強く蹴って距離を取った。

「雨月さん！」

「グレゴリウス！」

鋭い声を上げた椿が、刀の鞘を打ち捨ててグレゴリウスに斬りかかる。椿の一閃を剣で受けとめたグレゴリウスが、しらけたような表情で言った。

「……おとなしく私に下れ、女。お前はガイドとして私に一生仕えよ」

「っ、お断りだね！　誰がお前なんかに……！」

鍔迫り合いに一歩も引かず、グレゴリウスを睨んで吐き捨てるように言った椿だったが、不意にその視線がチラッとグレゴリウスの手元に走る。

ノイシュがその視線に違和感を覚えた次の瞬間、椿は刀から手を離し、グレゴリウスの手元に飛びついた。

「な……！」

驚くグレゴリウスから手袋をむしり取った椿が、その手の甲に素早くくちづけ、自分の懐から短剣を取り出す。

「死ね、グレゴリウス……！」

その場に座り込み、月光にギラリと光る短剣を今しも自分の胸元に突き立てようとしている椿を見て、ノイシュは咄嗟に矢をつがえた。

五感を研ぎ澄まし、その一瞬に集中する。

「椿さん……！」

放った矢は、カンッと高い音を立てて短剣に命中した。椿の手から弾かれた短剣が、カランッと転がり落ちる。

「……っ！」

くっと顔を歪めた椿に、グレゴリウスが冷笑を浮かべて告げた。

「残念だったな、女。お前の目論見は外れたぞ」

グレゴリウスが、先ほど椿がくちづけた手を掲げてみせる。

その手の甲にセンチネルの証である薔薇の蕾の痣はなく――、不自然な形に盛り上がっていた。

（あれは……？）

どうやらなにかが何重にも貼り付けられているようだが、一体なんなのだろうか。

目を凝らしたノイシュは、その正体に気づいて、ぐっと込み上げる吐き気を堪えた。

「……っ、グレゴリウス、お前……！」

「どうやら、お前は気づいたようだな」

怒りに目を燃え上がらせたノイシュに、グレゴリウスが薄ら笑いを浮かべて言う。

「先ほどお前たちは、私が満月の夜に苦痛を覚えている様子がないと言っていたが、その訳を教えてやろう。ガイドの力は、その者が死んでいても有効なのだ」

「……どういう意味だい」

睨む椿の前で、グレゴリウスが自分の手の甲に貼り付けられたそれをゆっくりと――、めくる。

幾重にも貼り付けられたその布のようなものの下から現れたのは、蕾のままの薔薇の痣だった。

「手袋だけでは心許ないから、作らせたのだ。私と特に力の相性のいいガイドの皮膚を五、六人分ほど剝いでな」

「な……」

言葉を失った椿を一瞥して、グレゴリウスが侮蔑(ぶべつ)の表情を浮かべる。

「昔、お前と同じようなことをしたガイドがいてな。その者は薔薇の番でもなんでもなかったが、一か八(いちかばち)か私に一矢報いようとしたらしい」

薔薇の番の契約を結んだ二人は強い絆で結ばれ、一方が外傷を負えば、もう一方も同じ箇所に傷を負うようになる。

つまりそのガイドと椿は、薔薇の番の契約をグレゴリウスと結び、自害することでグレゴリウスを殺そうとしたのだ。

そしてグレゴリウスは、自分の本当の薔薇の番にいつか同じことをされる可能性を考え、痣を隠した。

――ガイドの、皮膚で。

「これなら、この女のような不埒(ふらち)な真似をする者を阻めるし、生きた人間を側に置いておく必要もなくなる。複数のガイドの皮膚を使えば、より安定して強力な力を使うことができるのだ。効率的だと思わんか？」

「……っ、なんてことを……！」

どこまでもガイドを人と思っていないグレゴリウスに、ノイシュは憤って叫んだ。

「人間の命をなんだと思っているんだ……！」

「……お前は本当に、父親そっくりだな」

鼻白んだように、グレゴリウスが言う。

「正しくて、お綺麗で、……反吐(へど)が出る」

憎々しげに言ったグレゴリウスが、自分の足元に蹲(うずくま)ったままの椿をちらりと見やって言う。

「……番だからと生かしておいたが、お前も皮を剝いだ方がよさそうだな」

『っ、させるか……！』

　機を窺っていた雨月が、低く吼えるなりグレゴリウスに襲いかかる。闇に溶けるような黒竜の爪を煩わしげに剣で払って、グレゴリウスが舌打ちした。

「面倒な……！　おい、竜を取り押さえろ！」

「は、はい……！　かかれ！」

　グレゴリウスの命で、後方に控えていた兵たちが一斉に雨月に飛びかかる。縄や網で動きを封じようとする兵たちを、雨月が炎で追い払った。

『どけ！　邪魔をするな……！』

「雨月さ……っ、く……！」

　慌てて矢をつがえたノイシュに、超人的な速さで駆け寄ってきたグレゴリウスが刃を振り下ろす。咄嗟に地面に転がってそれを避けたノイシュは、すぐに体勢を立て直し、グレゴリウスに矢を向けた。

「私に矢は当たらないと言っただろう」

　ノイシュを睥睨して言ったグレゴリウスが、背後から気配を殺して切りかかってきた椿を、一瞥もせず避ける。

「く……！」

「邪魔な女め……！」

　ドカッと腹を乱暴に蹴られた椿が、その場に蹲る。

「椿さん！　この……！」

　唸ったノイシュが放った矢が、グレゴリウスの剣に弾かれる。すかさず次の矢をつがえたノイシュを見下ろして、グレゴリウスが薄ら笑いを浮かべた。

「何度やっても同じだ。お前がいくら五葉のセンチネルだろうが、聴覚では私の方が勝っているのだからな」

「……そうかもしれない。でも……」

　一度強く目を閉じたノイシュは、すうっと深く息を吸い込むと、カッと目を大きく見開いた。

「……っ、く……！」

　視覚に全神経を集中させた途端、全身を茨で締め上げられるかのような苦痛がノイシュを襲う。見えすぎる視界に目の前がチカチカと明滅して、ノイシュは小さく呻いた。

いくら雨月と薔薇の番になったとはいえ、満月の夜にセンチネルの力を一人で使うのはやはり無理なのか――。

『ノイシュ……！』

しかしその時、ノイシュの耳に雨月の咆哮が轟く。

『やれ……！　お前ならできる！』

「っ、はい……！」

雨月の声が届いた途端、力がみなぎってきて、ノイシュはつがえた矢をぐっと強く引いた。

（大丈夫だ……！　雨月さんが僕を信じてくれているから、僕は僕を信じられる……！）

呼吸を整え、見据えた一点に全意識を注ぎ込み、強く引いた矢を放つ。

ビュッと空を切った矢に、グレゴリウスが呆れたような声を上げた。

「どこを狙って……、……っ!?」

次の瞬間、ノイシュが放った矢が、隣の塔に設置されていた鐘を固定していたロープに命中する。

ブツッとロープが千切れた途端、その場にゴォンッと大きな鐘の音が響き渡った。

「ぐ……！」

呻いたグレゴリウスが、苦悶の表情で膝をつく。

聴覚の鋭いセンチネルは、微細な音もつぶさに拾い上げられる。それはつまり裏を返せば、大きな音はより大きく聞こえるということだ。

それこそ、耐え難い苦痛を覚えるほどに。

「貴、様……！」

「……っ」

額に脂汗を浮かべたグレゴリウスが、もがきながら地を這い、ノイシュに近づいてくる。その気配は感じ取っていたものの、ノイシュはあえて視界への集中を切らず、後ずさった。

今視覚を元に戻したら、ノイシュもこの轟音の餌食になってしまう。

だが、このまま視覚を強化し続けたままでは、いずれ限界が来る――。

と、その時だった。

『ノイシュ！』

兵たちの拘束を自力で振り切ったのだろう。雨月がノイシュの元に飛来する。

彼の背に飛び乗った途端、すべての苦しみが消え去ったノイシュは、ほっと息をつき、ようやく視覚を元に戻した。

「ありがとうございます、雨月さん」

『いや。……行くぞ！』

「はい！」

旋回した雨月が、グレゴリウス目がけて突っ込む。再び矢をつがえたノイシュが狙う先、よろよろと立ち上がったグレゴリウスが憤怒の形相でこちらを睨みつけ、怨嗟の唸り声を上げた。

「小僧……！」

グレゴリウスが耳に手を当てようとしたその刹那、その手に椿が飛びつく。

薔薇の痣を覆う、幾人ものガイドの無念を剝ぎ取った椿が、こちらに向かって叫んだ。

「やっておくれ、ノイシュ！」

「この……っ！」

激昂したグレゴリウスの眉間、そのど真ん中目がけて、ノイシュは強く引いた矢を――、放った。

「ぐ……っ、ああああ……！」

絶叫したグレゴリウスが、ぐるんと目を裏返し、一歩、二歩、とよろめく。

再度旋回した雨月が、その真っ黒な背にゴオオッと炎を浴びせかけた。

「うぐあああ……！　なんだ、この音は……！　私が……っ、私が燃えているというのか……！」

己の焼ける音を、その聴覚でつぶさに感じ取っているのだろう。絶叫したグレゴリウスが、我を失った様子で足をもつれさせる。

よろよろと辿り着いた先は、塔の端だった。

「は、ははは……っ、私が王だ……！　私が！」

火だるまになりながらも嗤い声を響かせたグレゴリウスが、塔の上から大きく身を乗り出す。

——そして。

「私が、王だ……！」

暗い、暗い奈落へと、炎が吸い込まれていく。

金色の月光の届かない暗闇に消えた影に、ノイシュは雨月の背でそっと、目を閉じた——。

◆◆◆

竜の一族を見送ったのは、戦いが終結した三日後だった。

「すみません、引きとめてしまって……。もう随分暗いけど、大丈夫ですか？」

城で一番高い塔の上には、雨月や椿、青嵐やオーガストといった主立った者たちが竜一族を見送りに集まっている。少し欠けた月を見て聞いたノイシュに、レイヴンが頷いて言った。

『ああ。我が一族は夜目が利くからな。問題ない』

戦いの一部始終を目撃していた王都の者たちはともかく、他のアーデンの民は竜の存在自体を知らない。明るいうちに竜が群れをなして空を飛んでいたら騒ぎになりかねないため、元々陽が落ちるのを待って帰る予定だったが、送別の宴が長引いてすっかり夜が更けてしまった。

それならよかったです、と微笑んだノイシュの隣にいた雨月が、前に進み出て告げる。

「世話になった。いつか九助がそっちへ行った時は、よろしく頼む」

「キュッ！」

雨月の肩に乗った九助が、右に同じとばかりに声を上げる。調子のいい幼竜に、レイヴンが苦笑混じりに唸った。

『ああ、分かった。その時が来るまで、多くの経験を積むがいい、九助』

「キュム」

雨月の肩から飛んでいった九助が、レイヴンの鼻先にぎゅっと抱きつく。優しく目を細めたレイヴンが、ノイシュに向き直って言った。

『ではな、ノイシュ。達者でな』

「はい、レイヴンさんも。リンツからも、レイヴンさんにお礼を伝えてほしいと伝言を預かっています。本当に、ありがとうございました」

大怪我を負ったリンツは、しばらく安静にしているよう医者から言われており、見送りには来ていない。だが、自分が一命を取り留めたのはレイヴンが迅速に本陣まで運んでくれたおかげだと聞き、必ず礼を伝えてほしいと言っていた。

ノイシュとしても、リンツを失わずに済んで心の底からほっとしている。いくら感謝してもしきれないと頭を下げたノイシュに、レイヴンが穏やかに言う。

『そなたは我の友人だ。友人の大切な者は、我にとっても大切な者。助ける理由など、それで十分だ』

無数の星が瞬く夜空には、すでに幾頭もの竜が宙に浮いてレイヴンを待っている。自分を呼ぶ声に一声上げて応えたレイヴンが、最後に雨月に告げた。

『雨月。お前がその姿でこの国にいられるのは、あと半年といったところだ。薄々気づいていると思うが、呪いはお前を蝕み続けている。少しでも長く人の姿でいたいのならば、一日も早くノイシュと身も心も結ばれることだ』

「え……」

レイヴンの言葉に、ノイシュは目を瞬かせた。

「ま、待って下さい。蝕み続けているって、どういうことですか？　それに、僕たちはもうちゃんと結ばれていて……」

雨月の呪いは、愛する者と結ばれれば進行がゆるやかになるはずだ。

自分たちはすでに互いの想いも確かめ合い、薔薇の番の契約も結んだ。進軍の最中はそれどころではなく毎晩抱きしめ合って眠るだけだったが、想いを告げた夜に肌を重ね、身も心も結ばれている。

それなのになにが不十分だというのか。一体どういうことかと焦ったノイシュだったが、雨月は仏頂面で唸る。

「……あなたがそんなことを言ったら、ノイシュが気にするだろう。俺はそういうしがらみに関係なく、ノイシュの気持ちを待つつもりだ」

「っ、雨月さん？」

まるでレイヴンの言わんとしていることが分かっているかのような雨月に、ノイシュは驚いて声を上げた。

「どういうことですか？　僕の気持ちを待つって、一体……」

『それはな、ノイシュ……』

「レイヴン！」

ニヤッと目を細めたレイヴンを、雨月が遮る。鋭い目で赤竜を睨んだ雨月は、まるで威嚇するような低い声で唸った。

「余計な世話だ。彼は俺の、番だ」

『なるほど、閨事(ねやごと)はすべて自分が教える、と。存外ムッツリだな、雨月は』

「……黙れ」

からかうように笑うレイヴンに、雨月が憮然として唸る。ノイシュはわけが分からずレイヴンに聞いた。

「あの、レイヴンさん。それってどういう……」

『教えてやりたいところだが、我も命は惜しいからな。後で雨月に聞いてくれ』

苦笑したレイヴンが、翼を広げる。力強く羽ばたいた彼は、その巨軀を宙に浮かせて言った。

『では、さらばだ！』

他の竜たちと別れを惜しんでいた椿たちが集まってきて、口々に礼を言う。

「ありがとう、レイヴン！」

「またいつか！」

「キュキュッ！」

大きく頷いたレイヴンが一息に上空へと舞い上がる。ゆったりと塔の周囲を一周した赤竜は、待っていた仲間たちと共に夜の空を渡っていった。

「……行っちゃいましたね」

「ああ」

少ししんみりと寂しい気持ちになったノイシュの手を、雨月がそっと握ってくる。

大きな手をきゅっと握り返して、ノイシュはくるりと雨月に向き直った。

「雨月さん。お話があります」

「…………」

怒っています、と視線に込めたノイシュに、雨月の肩に戻ってきた九助がびくっと震える。

「キュッ!?」

「……九助、今夜は姉上のところにいろ」

「キュー……」

雨月に言われた九助が、心配そうにこちらを見ながらも椿の方に飛んでいく。キューキュー甘えた声を上げながら肩に来た九助をハイハイとあしらいつつ、椿が苦笑して言った。

「ちゃんと叱られてきな、雨月」

「やめて下さい、姉上……」

「ノイシュ、うちの弟をよろしくね」

嫌そうな顔をする雨月に笑いつつ言う椿に頷いて、ノイシュは行きましょうと雨月を促した——。

　ノイシュの部屋では、ちょうど侍従たちが就寝の支度を整えてくれているところだった。

　ありがとうと礼を言ったノイシュは彼らを下がらせて人払いし、カウチに腰かける。

「雨月さんも座って下さい」

　隣を勧めたノイシュだったが、雨月は首を横に振ってノイシュの前に立った。

「これから叱られる奴が、隣に座るのはおかしいだろう」

「……僕は、叱りたいわけじゃないです」

　ノイシュは少し困ってしまって、雨月の両手を取った。

「僕はただ、教えてほしいだけです。雨月さんの呪いが進んでいるって、どういうことですか？　呪いの進行はやわらいだはずじゃなかったんですか？」

雨月にかけられた竜の呪いは、彼の感情に左右される。ノイシュと思いが通じ合ったことで、番を求めて荒ぶる竜の本能が鎮まり、呪いの進行はとまったとばかり思っていたが、違ったのだろうか。

　雨月の顔の鱗もあれから増えた様子はなかったのにと、気づけなかったことを悔しく思いながら聞いたノイシュに、雨月が告げる。

「誤解しないでくれ。呪いの進行は確かにやわらいだ。ただ、完全ではないというだけのことだ」

「……身も心も結ばれていないから、ですか？」

　レイヴンの言葉を思い出して、ノイシュは視線を落とす。

「でも……、でも僕、雨月さんのこと、これ以上ないくらい好きです」

「……ノイシュ」

「それとも、僕ばかり雨月さんのことが好きすぎるのがいけないんでしょうか。でも、雨月さんを嫌いになるなんてどう考えても無理だし……」

自分の気持ちが大きすぎるから、釣り合いが取れず心が結ばれていないということになってしまうのだろうか。

だとしたらこんなに悲しいことはないし、もうどうしたらいいか分からないと肩を落としたノイシュだったが、そこで繋いだ手が小刻みに揺れていることに気づく。

「……雨月さん？」

顔を上げたノイシュは、くっと唇を引き結んで肩を震わせている雨月に首を傾げた。どう見ても笑いを堪えている。

「あの……」

「ああいや、すまない。お前があまりにも可愛いことを言うから」

眉を下げてふんわりと笑った雨月が、その場に膝をつく。ノイシュの手をきゅっと握って、雨月は内緒話をするように顔を近づけて囁いた。

「安心しろ。俺もお前に負けないくらい、お前のことを愛している」

「……っ、じゃあ、なんで？」

直球な言葉にふわんと頬を火照らせて、ノイシュも声をひそめて聞いた。

「僕たち、ちゃんと身も心も結ばれてるのに……」

「……ちゃんと、ではないんだ。実はな」

苦笑した雨月は、その深く穏やかな黒い瞳に少し困ったような色を浮かべて言った。

「あの夜、俺が言ったことを覚えているか？　俺はお前を自分のものにしたい、抱きたいと言った。あれは……」

ひと呼吸入れて区切った雨月が、身を乗り出してノイシュに耳打ちする。ぼそぼそと告げられた言葉にノイシュは一瞬きょとんとし、次の瞬間、大きく目を瞠ってぶわりと顔中を真っ赤に染めた。

「……っ、な……、そ……っ、——……っ！」

「やっぱり知らなかったか」

まあそうだろうと思っていたがと笑った雨月が、

にぎにぎと優しくノイシュの手を握って問いかけてくる。

「それで、どうする？」

「ど……、どうするって……？」

混乱と羞恥と戸惑いとでいっぱいいっぱいになりながら聞き返したノイシュの指先に、雨月が唇を寄せて言う。

「さっきも言ったが、呪いの進行はちゃんとやわらいでいる。だから、お前が嫌ならしない。だが、お前が俺にそこまでを許してくれるなら、俺はお前を抱きたい」

「……っ」

先ほどその言葉の本当の意味を教えられたばかりのノイシュは、思わずぎゅっと雨月の手を握って息を呑む。強ばった指先に優しくくちづけて、雨月が続けた。

「俺は、お前のすべてが欲しい。呪いなんて関係ない。もし逆に、抱けば死ぬとしても、俺はお前が許してくれるなら迷うことなく抱くだろう」

「……そんなことになったら、僕は絶対に頷きません」

恋人が死ぬと分かっていて、誰がそれを良しとするものか。

肩の強ばりを解いて、ノイシュは雨月の手を引いた。身を屈めて形のいい薄い唇に、頬に散る鱗にくちづけてから、先ほどの雨月の言葉に答える。

「……嫌じゃ、ないです。好きにして下さい」

ノイシュ、と嬉しそうに雨月が目を細める。少し恥ずかしくて、でもちゃんと知っておいてほしくて、ノイシュは自分の想いを雨月に伝えた。

「僕の全部は、もうとっくにあなたのものです。だから、あなたの全部も僕に下さい」

「ああ。……もちろんだ」

微笑んだ雨月が、深いキスを仕掛けてくる。下から潜り込んできた舌にやわらかな粘膜をくすぐられて、ノイシュはいつもと違う角度に少し戸惑いながら懸命にそれに応えた。

「ん、ん……、っ」

ノイシュの唇を啄みながら、雨月がノイシュの指の間に指先を差し入れてくる。まるでなにかを連想させるように敏感な隙間をごつごつとした指でゆっくりと擦られて、ノイシュはそれだけでふわりと熱が上がった自分の体に羞恥を覚えずにはいられなかった。

違うのに、ただの手と指のはずなのに、指の間のつけ根を優しく引っ掻かれて、じゅわりと別の場所に甘い熱が生まれる。今からそこに同じことをされてしまうんだと思うと恥ずかしくて、少し怖くて、でもちっとも嫌だと思えなくて、――されて、みたくて。

「……っ」

けれどやはり恥ずかしさが勝って、ノイシュは咎めるようにきゅっと手に力を込めて雨月の指をとめようとした。すると、ふっと小さく笑った雨月が片方の手を背中に回してくる。

抱きしめられるのかとほっと安心した次の瞬間、つうっと服の上から背筋をなぞられて、ノイシュはびくっと身を震わせてしまった。

「んぁ……っ」

「……俺の首に摑まれ、ノイシュ」

甘い声を上げたノイシュに、雨月がすうっと目を細めて言う。膝裏に手を差し込んで横抱きにされたノイシュは、慌てて雨月に言われた通り彼に腕を回してぎゅっとしがみついた。

「あの……、あっちの部屋、です」

なにがとまでは恥ずかしくて言えず、そのまま赤い顔を首元に埋めたノイシュのつむじに、雨月がキスを落とす。

危なげない足取りで間続きの寝室に入った雨月は、寝台にノイシュをそっと降ろして部屋の明かりを落とした。寝台の脇の台に置かれたランプだけは残したまま、手早く自分の服を脱いで覆い被さってくる。

緊張と羞恥に視線が定まらないでいたノイシュは、しっとりと重なってきた唇に少しほっとして応えた。

「ん……、ん、んう」

触れるだけのくちづけを繰り返しながら、雨月がノイシュの服に手を伸ばしてくる。ノイシュは慌ててその胸元を押し返して言った。

「あ……、じ、自分で」

「いいから、今日は全部俺にさせてくれ」

ちゅ、とノイシュの目元にくちづけて、雨月が少し困ったように笑う。

「この間は余裕がなくて、ゆっくり可愛がってやれなかったからな。今日はお前がどこを触られるのが好きか、じっくり愛して、ちゃんと覚えたい」

「……っ」

「俺の好きにしていいんだろう？」

言質（げんち）は取ってあるとばかりに笑った雨月が、ノイシュのシャツをはだけて首筋に唇を寄せる。自身が咲かせた薔薇にいくつもキスを落とし、唇で愛でた雨月は、顔を上げてノイシュをじっと見つめながら言った。

「大事にするから、全部俺に任せてくれ」

「……はい」

ずるい、そんなこと言われたら頷くことしかできないと内心で悶えていたのが顔に出ていたのだろう。雨月が苦笑を零しつつ、露（あらわ）になった胸元にくちづけてくる。

シャツの前だけ開けられたままあちこちを優しく撫でられ、唇でくすぐられて、ノイシュはたちまち息を乱してしまった。

「ん……っ」

「……ここが好きなのは、もう知ってる」

ふ、と笑みを落とした雨月が、ちゅっと胸の先を吸う。触れられる前からもう尖って、甘い痒みを覚えていたそこを熱い舌で舐め上げられて、ノイシュはきゅっとシーツを握りしめた。

「ふ、あ……っ、ん、んっ」

「我慢するな、ノイシュ。声も全部、ちゃんと俺にくれ」

言うなり、雨月がもう片方を軽く引っ張る。指に挟んだまま、こりこりと優しく苛められて、ノイシュは恥ずかしい声を堪えきれなくなってしまった。

「あ、あ……っ、や、それ……っ、や……っ」

「……嫌か？　やめるか？」

声に笑みを含ませながら、雨月が指先を離す。もうじんじんと疼くそこを、触れるかどうかギリギリの距離で何度も指先でかすめられて、ノイシュはたまらずねだった。

「や……っ、やめちゃ嫌ぁ……っ」

「ん……、焦らして悪かった」

ふ、とやわらかく笑った雨月が、ノイシュの唇にくちづけつつ、両手を脇に差し込むようにして胸元を包み込む。なだめるようなキスを繰り返されながら、親指の腹でくりくりと両方を転がされて、ノイシュはとろりと蕩けきった声を漏らした。

「ん、ふあ……、ん、んう、あ、んん……」

「……ん、好きだ、ノイシュ。……愛している」

甘くて低い声も、優しい手も眼差しも、彼が自分にだけ向けてくれるものだと思うと、多幸感で胸がいっぱいになる。

けれど、他の誰に囁かれても、触れられてもこんな幸せを感じることはないのは、自分がセンチネルだからなんて単純な理由ではない。

この人のことを愛していて、この人に愛されているから、こんなにも気持ちよくて幸せなのだ——。

「僕も……、僕も好きです、雨月さん……っ、大好き……！」

溢れる気持ちのまま、ノイシュは息を乱しながらぎゅっと雨月を抱きしめた。幾度重ねても飽き足りない唇に、頰に散る鱗にくちづけを繰り返すノイシュに、雨月が苦笑を零す。

「嬉しいが、このままじゃあちこち可愛がってやれないいな」

「んぁ……っ」

きゅっと指先に挟んだ尖りを引っ張られて、ノイシュは高い声を上げた。そのままノイシュの唇を啄みながら、雨月が膝で足の間をそっと擦ってくる。

「ん……っ、ふあ、あ、ああ……」

服の上からとはいえ、熱の塊を擦り上げられる直接的な快感に、ノイシュはたちまち体から力が抜けてしまった。じゅわりと布地を濡らしたノイシュに目を細めた雨月が、わざと彼の腿に散る鱗を当てて上下に擦り出す。

「あ、あ、んん、ん……っ」

なめらかな肌とは違う、硬質な鱗でさりさりと擦り立てられたそこから、じゅわじゅわと染みが広がっていく。

花茎を存分に鱗で愛でてから、雨月はすっかり力の抜けたノイシュの腕を外し、耳元にそっと手を伸ばしてきた。

「ん……、んん……」

「ん……、ここも好きか？」

耳元を親指ですりすりと撫でられながら、甘やかすようにやわらかく唇を吸われて、ノイシュはとろんと瞳を快感に濡らして答えた。

「ん、好き……。雨月さんが触ってくれるとこ、全部……、んん、全部気持ちいい、です……っ」

熱い指先にゆっくりと形をなぞられ、耳たぶをふにふにと愛でられる。そっと指先を差し込まれて小さな穴をくすぐられてももう気持ちがいいばかりで、でももどかしくて。

ノイシュはうずうずと腰を揺らすと、先ほど快楽をくれた雨月の腿の鱗に甘い熱を擦りつけて続きをねだった。

「ここ……、ここも、直接触ってほしい、です……。早く、もっと気持ちよくして……」

「……っ、ああ。……すぐ、してやる」

ごくりと喉を鳴らした雨月が、は、と息を切らせてノイシュの腕からシャツを抜く。窮屈だった下穿きを脱がされ、疼くそこを大きな手に包み込まれて、ノイシュはあまりの快感に息を詰めた。

「んん……っ！」

「……進軍中、お前と一緒に寝ている時」

とろとろに濡れたノイシュの先端をくりくりと親指の腹で愛撫しながら、雨月がはあ、と息をついて告げる。

「俺の腕の中でお前が安らかに眠っている幸せを噛みしめながら、同時にこうしてお前に触れたくて、おかしくなりそうだった」

「ん、あ……っ、言って、くれたら……っ」

「触れたら歯止めがきかなくなるのが分かっていたからな」

進軍中に負担をかけるわけにいかないだろう、と呟いた雨月が、じっとノイシュを見つめて言う。

「だがもう、我慢も遠慮もしない」

「あ……っ、雨月さ……っ、んんっ」

「悪いが覚悟してくれ、ノイシュ。俺はもう、お前を手放す気はない……！」

「んぅっ、んんん……っ！」

僕だって離れる気はないとか、もう我慢しないで下さいとか、伝えたいことはたくさんあるのに、激しいくちづけに呼吸も声もなにもかも奪われて、なに一つ言葉にならない。

熱い舌に搦め捕られながら溢れる蜜を全部吸い取られ、同時に今にも弾けそうな性器を容赦なく扱き立てられて、気持ちがよすぎて怖いくらいで。

でも、これも全部雨月の想いなのだと思うと、その激しささえも嬉しくてたまらなくなる。

雨月が自分に向けてくれる熱情の全部を、受けとめたい——。

「雨月さ……っ、雨月さ、んんっ、あ、んんっ、全、部……っ」

さっき教えてくれたことを、雨月がしたいと言ってくれたことを、全部してほしい。

息継ぎの合間にどうにか声を紡ぎ、羞恥を堪えて強ばる足を開いたノイシュに、雨月が目を眇める。

「ああ。……そのまま、少し堪えてくれ」

「……っ、はい」

ちゅ、と離れていった唇と熱い手に、ノイシュはこくりと喉を鳴らして頷いた。ぎゅっと目を瞑り、その時を待つ。

やはり痛いんだろうか。痛みには強い自信があるけれど、そんなところにあんなものを入れるなんて今まで考えたこともないから、どれくらい痛いのか想像もつかない。

(雨月さんの、お、大きかったし……)

想いが通じ合った夜のことを思い出して、ノイシュは緊張に身を強ばらせた。あんな凶器で貫かれたら裂けてしまうかもしれない。

(でも……、それでも僕は……)

と、その時、ノイシュの腿に雨月が手をかける。

びくっと震え、強くシーツを握りしめたノイシュのそこに、雨月の熱い吐息がかかって——。

(……吐息?)

「えっ!? っ、ひあ……っ!?」

思っていたのと違う感触に驚き、ぱちりと目を開けたノイシュは、更に別のぬるりとした感触が走って高い声を上げてしまった。慌てて身を起こしかけて、飛び込んできた光景に息を呑む。

「な……っ、な、に……っ」

「ん……、こら、じっとしていろ」

ちろりと視線だけ上げた雨月は、あろうことかノイシュのそこに顔を埋めていた。ん、と低い声の振動があらぬ場所から伝わってきて、ノイシュはあまりの事態に真っ赤になってしまう。

「なにして……っ、や、やめて下さい、そんな……、そんなこと……!」

「全部していいんじゃなかったのか?」

ノイシュの必死の制止に、雨月が不機嫌そうに聞いてくる。ようやく顔を上げた雨月はしかし、目についたノイシュの花茎を片手で包むと、愛おしそうに唇を寄せてきた。

　ちゅ、ちゅっと屹立にくちづけられ、ノイシュはびくびくと身を震わせながら、ますます顔を真っ赤にしてなんとか訴える。

「ひうっ、んんっ、違……っ、んっ、そん、そんなこと、しなくたって……っ」

「……まさか、いきなり挿れると思ったのか？」

　ノイシュの言葉に目を瞠った雨月が、苦笑混じりに告げる。

「いくらなんでもそんな無茶、するわけないだろう。ゆっくり慣らしてからに決まっている」

「そう、なんですか……？　でも……」

　そんなところを雨月に舐められるなんて、恥ずかしくてたまらない。

　どうしてもしなければならないのか、他に方法はないのかと思わず尻込みしそうになったノイシュに、雨月が言う。

「今日のところは他に方法がない。次はきちんと用意するから、少し堪えてくれ」

「……っ、はい……」

　堪えるってそういう意味だったんですねとか、本当に他に方法がないんですかとか色々浮かぶけれど、次という言葉に心が浮き立ってしまう。

　雨月が自分とまたこうするつもりがあるというだけで嬉しい。

（……早く、次が来るといいな）

　気が早い自分にちょっとおかしくなって笑みを零したノイシュだったが、余裕があったのはそこまでだった。

「ん……っ、あ、んん……」

　片手でゆったりとノイシュの熱を扱きながら、雨月がそっとそこを押し開く。再びぬるりとそこに舌を這わされて、ノイシュは緊張に身を固まらせてしまった。

「力を抜け、ノイシュ」

「は、はい……っ、んんっ」

囁いた雨月が、襞の一つ一つを丁寧に舌先で撫でてくる。常人よりも敏感な五感が、その舌の熱さを、塗りつけられる蜜のとろりとした感触を、興奮を堪えようとする雨月の乱れた吐息を拾い上げてしまって、ノイシュはあまりの淫らさにくらりと目眩を覚えてしまった。

恥ずかしくて、恥ずかしくてたまらないのに、すべて雨月にされていることだと思うと一つ一つが嬉しくて、愛おしくて、無意識に五感を研ぎ澄ませてしまう。こんなに集中したら肌をひと撫でされるだけでも苦痛を感じるに違いないのに、触れ合ったところから流れ込んでくる雨月の温もりが心地よくて、快感しか感じなくて。

「ふ、あ……、あ、んん……っ」

「ん……」

次第に甘い声を上げ始めたノイシュの蕾に、雨月が優しくくちづける。甘やかすように啄まれた蕾は、熱い吐息に誘われるようにひくひくと花開いた。

咲き初めの花弁を愛でるように、雨月がぬぷりと舌を差し込んでくる。

「んんん……っ、あ、あ、あ……っ」

とろとろと喜悦の涙を零す花茎をあやすように扱き立てられながら、くちゅくちゅと浅い場所を舌で丁寧に愛されて、ノイシュは初めての快感に戸惑いながらも溺れていった。

ぬめるやわらかな舌の優しくていやらしい動き、時折漏れる雨月の艶めいた吐息、とろりと内壁を滴り落ちてくる熱い蜜。ちゅこっちゅこっと上がる、この後もっと太いもので、もっと奥までこうすると宣言するかのような水音――。

五感のすべてが淫らな感覚でいっぱいで、まるで自分の感覚に犯されているみたいで怖いのに、気持ちよさに抗えない。奥へ、奥へとぬめる蜜を押し込んでくる舌が怖いのに、熱く疼くそこをもっととろとろにしてほしくて、なにも知らないはずのそこが誘うようにひくついてしまうのが恥ずかしくて。

「あ、んんっ、ふ、ううっ、ご、めんなさ……っ、ああ、ごめんなさい……っ」

　自分の体の淫らな反応が恥ずかしくて、繰り返し謝るノイシュに、雨月がぴたりと動きをとめる。そっと舌を抜いた雨月は、顔を上げて身を起こすと、ノイシュの顔を心配そうに覗き込んできた。

「どうした、ノイシュ。嫌だったか？」

「……っ、そうじゃ、なくて……。呆れて、いませんか？　こんな……、こんなの……」

　初めてなのにこんなに感じて、呆れられているのではないだろうか。淫らな体だと軽蔑されていたらどうしようと不安になってしまったノイシュに、雨月がほっとしたように苦笑して言う。

「呆れるわけがないだろう。それどころか……」

「っ、あ……」

　すり、と腰をすり寄せた雨月が、自身の昂りをノイシュの熱芯にぴとりと押し当ててくる。この間と同じくらい、もしかしたらもっと熱く滾り、雄々しく反り返っているそれに、ノイシュはこくりと喉を鳴らした。

「お前の反応が可愛くて、暴走しないよう堪えるのに苦労している」

「……っ、我慢、しないって言ったのに……」

「お前を傷つけないための我慢なら、いくらでもする」

　ふ、とやわらかく目を細めた雨月が、ノイシュの目元にくちづけながら足の奥に手を伸ばしてくる。とろりと濡れそぼったそこを指先でそっと撫でられて、ノイシュは小さく息を弾ませた。

「雨月、さん……」

「もっと感じてくれ、ノイシュ。もっと乱れたお前も全部、俺にくれ」

「ん、あ……！　んん……っ」

　ゆっくりと指を押し込まれて、ノイシュは思わずきゅっと雨月にしがみついてその唇に吸いついた。

　舌よりも細くて固い感触が、内壁を優しく押し広げながら、少しずつ奥へ、奥へと進んでくる。すでにやわらかく蕩けさせられていた隘路のあちこちを探るように指先でくすぐられて、ノイシュは異物感だけではない、むずむずとした疼きに戸惑いの声を上げた。

「なん、か……、……っ、あ……っ!」

「……ここか?」

ノイシュが一際高い声を上げた途端、雨月が目を細めてそこばかりくすぐり出す。ぷっくりとした膨らみを優しく押し揉まれて、ノイシュは雨月の腕の中でひっきりなしに艶声を零した。

「あ、んんん……っ、あっ、あぁっ、あ、んんっ、んっ、あああ……!」

「っ、ノイシュ」

とろとろになったノイシュの唇をきつく吸いながら、雨月が指を二本に増やす。揃えた指で膨らんだそこをぐりゅぐりゅと捏ねるように愛撫されて、ノイシュはびくびくと身を震わせながら雨月のくれる快感を享受した。

「雨月、さ……っ、あっんんんっ!」

狭いそこを中からぐうっと押し広げた雨月が、三本目を差し込んでくる。いっぱいに開かれたそこが苦しかったのはほんの少しの間で、キスに夢中になっている間に、ノイシュのそこは奥まで従順に雨月の指を受け入れていた。

「ん、雨月さ……っ、あっあっんんっ!」

気持ちのいい膨らみを、燃えるような奥底を三本の指で丁寧にゆっくりぐちゃぐちゃにされて、体中が甘い熱でひたされていく。

快感に震える花茎に雨月の雄蜜がとろりと滴り落ちてきて、目の前の恋人もまた逸る気持ちを堪えてくれているのだと思うともう、胸の奥がきゅうっと切なく疼いて。

「あ、あ、あ……っ、雨月さん、雨月さ……っ」

「……ああ」

言葉にならなくとも、声の響きで全部を分かってくれた恋人が、ノイシュの唇を優しく啄んで囁く。

「俺も、もう欲しい」

「ん、ん……っ」

惜しむように、慈しむようにゆっくりと指を抜いた雨月が、ぐっとノイシュの腿を押し開いて切っ先をあてがってくる。

熱い、硬いそれで花弁をぬちぬちと乱されて、ノイシュは胸を喘がせながら雨月に抱きついた。

「ん……っ、雨月さん……」

「……愛してる、ノイシュ」

「僕も……、僕も愛して……、あ……！」

皆まで言う前に、ぐっとそこが大きなものに割り開かれる。指や舌とは比べものにならない圧倒的な質量を、ノイシュはぎゅっと雨月にしがみついて懸命に受けとめようとした。

「ひ、う……っ、う、うー……！」

「っ、ノイシュ、息をしろ……っ」

く、ときつそうに眉を寄せた雨月が、ノイシュの唇をなだめるように啄んで言う。

「ゆっくり吸って、吸って、……そうだ」

「は……、あ、んん……」

雨月の声を懸命に辿って、言われるがまま大きく息を吸い、深く吐き出すと、ようやく体の強ばりが解けて少し楽になる。

は……、と幾度も呼吸を繰り返すノイシュを辛抱強く待って、雨月は少しずつ腰を進めてきた。

「ん……、もう、少し……、っ」

「は、んん……、あ、あ……？　入った……？」

雨月の下生えが擦れる感触に気づいて聞くと、ああ、と雨月が頷いて問いかけてくる。

「これで全部、だ。……痛くないか？」

「ん、はい……。大丈夫、です」

さすがにだいぶ苦しいけれど、それでも雨月が時間をかけて慣らしてくれたおかげで痛みはない。

こくりと頷いて微笑んだノイシュだが、雨月は眉間に皺を刻み、繋がった場所を指先で撫でて確かめてくる。

「本当か？　お前はすぐ無理をするから……」

「ん……っ、だ、大丈夫です、本当に」

いっぱいに広がったそこを撫でられるのが恥ずかしくて、ノイシュは顔を赤くしながら雨月にぎゅっと抱きついた。

「……僕、嬉しいです。雨月さん……、雨月さん、全部好き……」

大事に大事に抱いてくれるのが嬉しくて、ちゃんと雨月と結ばれたことが嬉しくて、すりすりと雨月の鱗に頬擦りをすると、不意に雨月が小さく息を詰める。びく、と彼の腰が跳ねたのに気づいて、ノイシュは瞬きして聞いてみた。

「……ここ、もしかして気持ちいいですか？」

「……っ、こら、悪戯するな」

頬を手で包むようにして、親指の腹ですりすりと優しく撫でると、雨月が眉間の皺を深くする。意外な弱点を知ることができたのが嬉しくて、くすくす笑いながら撫でていると、雨月が低く唸った。

「……責任は取れよ」

「え……、っ！」

責任って、と首を傾げかけたノイシュは、びくびくっと体内で雨月の雄が脈打つ感触に目を瞠る。もうこれ以上ないと思っていた隘路を更に中から押し開く太茎に、ノイシュは息を詰めて焦った。

「ま……っ、待って、雨月さ……っ」

「待たない」

瞳を欲情に光らせた雨月が、ふっと笑みを浮かべて大きく腰を引く。あ、と思った時にはもう、ぐちゅんっと奥まで貫かれていて、ノイシュは甘い衝撃に艶声を上げた。

「ひあ……っ、あぁあ……っ！」

「……っ、ノイシュ」

苦痛など欠片も感じていないのがまる分かりの声に、雨月がすっと目を眇めてぺろりと唇を舐める。

「ぁ……、……っ」

凄絶（せいぜつ）な色気に当てられ、小さな声を上げて身を震わせたノイシュの両膝を、雨月がぐっと押し開く。

上からぐううっと腰を押し込まれ、奥の奥を暴かれて、ノイシュは雨月の首元にしがみついて快感に悶えた。

「は、あ……っ、あー……！」

火傷しそうに熱い、なめらかな肌と雨月の吐息。濡れた花茎に絡みついてくる長い指と、蜜袋に擦れる雨月の下生えの感触。隙間なくみっちりと埋め込まれた砲身の強い脈動と、深い場所から体中に響く、愛蜜の混ざり合う淫らな音。

雨月のくれる全部が気持ちよくて、嬉しくて、愛おしくてたまらない――。

「……動くぞ」

ハア、と荒い息を零した雨月が、ぐっぐっと確かめるように二、三度腰を送り込んだ後、その動きを大きなものに変える。

逞しい雄茎で容赦なく隘路を征服されて、ノイシュは懸命にその快楽を追った。

「あっあっあ……っ、んんんっ！」

「ノイシュ、……ん、ノイシュ……っ」

こちらを射貫くような雨月の強い視線も、自分を呼ぶかすれた低い声も、溶け合ったそこを掻き回す灼熱も、五感で感じるなにもかも全部が甘くて、夢中でその感覚に身を浸してしまう。

もっともっと、気持ちよくしてほしい。

もっともっと、気持ちよくなってほしい。

「あんっ、ああっ、雨月さ……っ、んっんっ」

蜜にぬめる切っ先でぐちゅぐちゅとあの膨らみを擦り立てられながら、濡れきった花茎の先端をぐりぐりと可愛がられて、ノイシュはあられもない声でねだった。

「あぁっ、雨月さっ、雨月さん……っ、それ、あん、ああっ、もっと……っ」

「……っ、こう、か？」

「ひぁ……っ、ああっ、あっあっあ……っ！」

望んだ以上の激しさで弱いところを同時に責められて、甘い悲鳴がとまらなくなる。

すっかり蕩けきった鞘を雄刀でたっぷり奥まで犯され、唇も舌も五感も、なにもかも全部を雨月のものにされて、ノイシュは首筋の薔薇を赤く染めてその愛に身を投げ出した。

「雨月、さ……っ、ああっ、雨月さん……！」

「ノイシュ……、……っ」

びくびくっと震えながら白蜜を零したノイシュをきつく抱きしめて、雨月が息を詰める。

ぐちゅうっとやわらかな奥を穿った雄茎がどくどくと脈打った瞬間、濃密な熱に体の奥深い場所を灼かれて、ノイシュはとろりと瞳を蕩けさせた。

「あ……っ、んん……っ、あ、あ……」

「っ、ん……」

きつく収縮する隘路を味わうように、雨月がぐっぐっと腰を押しつけ、びゅる、びゅうっと残滓を注いでくる。

甘くて濃い、深い深い快楽を五感のすべてで最後まで受けとめて、ノイシュは雨月を抱きしめた。

「ん……、雨月さん……」

「……ああ。俺も、好きだ」

言葉にならない想いを汲み取ってくれた雨月が、すり、と唇を重ねてくる。

繋がったまま幾度も啄み合う二人の吐息は、すぐにまた甘やかな喘ぎに変わり、夜の帳に熱く熱く溶けていった――。

旅立ちは、満月の夜になった。

「恨みます」

「えっ」

夕闇迫る丘の上、見送りに来てくれた人々と挨拶を交わしたノイシュは、真顔でそう言うリンツに驚いてしまう。だがその視線は、ノイシュの隣に立つ雨月に向けられていた。雨月もまた、真剣な目でじっとリンツを見つめ返す。

――ノイシュがグレゴリウスを討ち果たしてから、半年が経った。

あの後、ノイシュはグレゴリウスにおもねっていた貴族に国外追放など相応の罰を与えた上で、味方となってくれた貴族たちに、自分は王位を継いだ上で王制を廃止すると宣言した。

今後の国政は貴族の代表と民衆の代表で話し合って決めていくべきだ、身分制度は残すがそれが本当に必要なものかどうかも含めて議論してほしいと言ったノイシュに、当然ながら貴族たちの反発は強かった。

平民に政治などできるはずがない、代々続いてきたアーデンの歴史を途切れさせてはならない、今一度お考え直しをと言う貴族たちを、ノイシュは一人一人説得して回った。

自分は今回のことで、身分制度があるから諍いが起きるのだと感じた。だが同時に、少数の意見で政を進める危うさも知り、自分一人の判断で身分制度を廃止すべきではないという結論に至った。代表者同士で議論してほしいと言ったのはそのためだ。

今にして思えば、父王フォルシウスが学校を増やし、民に学びの機会を与えたのも、いずれ民主主義に移行するつもりだったからだろうと思う。アーデンのすべての民が安心して平和に暮らせる世にするためにどうすべきか、今一度考えてみてくれないだろうか――。

　最初はノイシュが若さ故の理想論を語っているだけだと決めつけ、あまり耳を貸してくれなかった貴族たちも、幾度も説得に訪れるノイシュの熱意に少しずつ考えを改め、賛同してくれるようになった。

　そして数日前、ノイシュは戴冠式後にいくつかの政令を発し、王位を退いた。

　この国の未来を民の手に託し、愛する人と共に生きていくために。

（リンツは真っ先に僕の考えに賛成してくれたし、僕が雨月さんと一緒に生きていきたいって言った時も応援するって言ってくれてたのに……）

　大怪我から回復したリンツは、ノイシュが旅立つ日まで仕えたいと言って、侍従の仕事に復帰した。

　あれ以来、雨月の行動を採点して回ることもなかったし、自分たちのことを認めてくれたのだとばかり思っていたが、違ったのだろうか。

　二人を見比べておろおろするノイシュをよそに、リンツがまっすぐ雨月を見据えて言う。

「あなたがいなければ、ノイシュ様はこの国に残って下さったはずです。たとえ王位を退いても、違うお立場から、この国を導いて下さったでしょう」

「リンツ、それは……」

　口を挟もうとしたノイシュをすっと制して、雨月が頷く。

「ああ、俺もそう思う」

「それだけではありません。あなたは、ノイシュ様から愛する故郷を奪うんです。たとえノイシュ様が納得されていても、いいえ、納得されているからこそ、僕はあなたが恨めしい」

「リンツ……」

　どこまでも自分のことを思ってくれる従者の気持ちが嬉しくて、ありがたくて、でも受けとるわけにはいかなくて。

　なんと言葉をかければいいか迷ってしまったノイシュだったが、雨月はリンツを見つめてふっと微笑む。

「すまない」

「……謝る人の態度に見えませんが」

「ああ、礼を言ったつもりだ。ノイシュの代わりに俺を責めてくれたんだろう？」

ありがとうと微笑む雨月に、リンツがムッとした顔つきになる。

「ノイシュ様、僕やっぱりこの人嫌いです」

「まあまあ」

心底嫌そうに雨月を見やるリンツに吹き出したノイシュに、他の侍従たちが声をかけてくる。

「ノイシュ様、今からでもお考え直し下さいませんか？」

「そうです、議員の方々もノイシュ様に是非残っていただきたいと仰っていたではないですか。この国のためにも、どうか」

お願いします、どうかと引きとめてくれる侍従たちに、嬉しくも困ってしまったノイシュだったが、そこでリンツが彼らをたしなめる。

「やめないか、お前たち。ノイシュ様がお決めになったことだ。僕たちが応援しないでどうする」

「……ありがとう、リンツ」

雨月にはなんだかんだ言いながらも、しっかり自分の味方をしてくれるリンツの手を握って、ノイシュは改めてお礼を言った。

「……今まで本当にありがとう、リンツ。行ってきます」

「どうかお体にお気をつけて。こちらにお戻りの際は、必ずご連絡下さい」

目を潤ませたリンツに頷いて、ノイシュは続いて青嵐に向き直った。

「青嵐さん、これからのこと、どうかよろしくお願いします」

「……私こそ、君を引きとめたい代表なんだがな。雨月に毎月君の元まで通わせたらいいじゃないか」

「おい」

無茶を言う青嵐に、雨月が唸る。

アーデンの王都は、ちょうど国土の中央に位置している。どの隣国に居を移すとしても、毎月往復するのは相当大変だ。それに。

「レイヴンさんの話では、雨月さんたちの母国の八島に、昔竜の呪いを解いた方がいるそうなんです。まずはその方を訪ねたいと思います」

ノイシュは声を弾ませて青嵐に告げた。

実はあれから一度、レイヴンがノイシュに会いにやってきた。彼は仲間たちに呪いについて聞いて回ってくれたらしく、もしかしたら呪いを解くことができるかもしれないと教えてくれたのだ。

アーデンを離れれば、雨月の竜化はとまる。しかし、満月の夜に竜の姿になる呪い自体が解けるわけではない。

呪いを完全に解く方法があるなら、試してみる価値はある。それに。

「僕も一度雨月さんの故郷を見てみたいし……、もっといろんな国に行ってみたいので」

以前は、この国をいずれ治めるために他国を見てみなければと思っていた。だが今は、純粋に自身の見聞を広めたいと思っている。

知らないことを知って、もっと多くのことを学びたい――。

「……まあ、それも悪くない人生かもしれないな」

相変わらずの仏頂面を少しだけやわらげて、青嵐が言う。

「せっかく育てた弟子が辣腕を振るうところを見れないのは残念だが、私もこの国には愛着がある。おかしな輩が幅を利かせないよう、目を光らせるくらいのことはさせてもらおう」

「はい、よろしくお願いします」

青嵐はすでに平民の代表に選ばれており、議員の一人となっている。長年領主を務め、商人としても大成している彼は貴族たちからも一目置かれており、今後アーデンの政を動かしていく中心的な人物になっていくだろう。

「ギュギュッ」

青嵐に頭を下げたノイシュの元に、九助が飛んでくる。まるで助けを求めるようにノイシュの胸元に顔を埋め、キューキュー鳴き声を上げる九助に、ノイシュは首を傾げて聞いた。

「どうしたの、九助くん」

「最後に爪を削ってやろうかと思ったら、嫌がってね」

歩み寄ってきたのは椿だった。後ろにはオーガスト将軍の姿もある。

椿の手に光るヤスリを見て、九助が目を三角にして唸った。

「ギューッ、ギュイギュイッ！」

「身だしなみがだらしない男はもてないよ、九助」

「ギュルルルルッ！」

ノイシュにぎゅっとしがみついたまま、九助が椿を威嚇する。


旅立ちにあたり、ノイシュと雨月は九助も一緒に連れていくことにした。

さんざん迷ったが、再会したレイヴンからも改めて九助に様々な経験を積ませてやってほしいと頼まれたし、なにより九助が自分も行くと言って聞かなかったのだ。とはいえ、世にも珍しい幼竜を狙う人間は必ず出てくるだろう。九助の身に危険が降りかからないよう、二人で精一杯守るつもりだ。

がうがうと指先に噛みつこうとする九助の鼻先をピンと弾き、まだまだだねとおかしそうに笑う椿に、ノイシュはお礼を言った。

「椿さんも、お世話になりました。お元気で」

「こっちこそ世話になったね。弟に愛想を尽かしたらいつでもおいで」

歓迎するよと微笑む彼女は、議員となった青嵐の補佐をすることになっている。隠れ里の仲間たちも王都に新しく居を構えたり、商売を始めており、椿はその相談にもよく乗ってやっているらしかった。

「……帰ってきたのが俺だけで、姉上がいないと分かった時の兄上の反応が今から恐ろしいのですが」

　星が瞬き始めた空を仰いでため息をついた雨月に、椿が肩をすくめてしれっと言う。

「仕方ないだろう。この国の要の男が二人も、あたしがいなくなったら後を追うって言ってるんじゃ」

「椿さんは渡しませんよ、オーガスト将軍」

「望むところだ、青嵐殿」

　椿の背後で、その要の二人がバチバチと視線を戦わせ合う。

　どうやら青嵐は以前から椿に淡い好意を抱いていたらしく、一連の騒動の後、すっかり椿に惚れ込んでしまったオーガスト将軍が猛アタックをかけ始めたのを見て、待ったをかけたらしい。

　今のところ椿はどっちつかずで、自分を取り合って張り合う二人にすっかり呆れ返っている。だが、その目は以前よりも格段に優しく、彼女もまた新しい人生へと少しずつ進み出している様子だった。

　いつかどちらかと一緒になるんだろうか、いやでも永遠にああかも、とちょっと笑ってしまいながら、ノイシュは最後に青嵐と睨み合っているオーガスト将軍に声をかける。

「オーガスト将軍、あなたも元気で。椿さんにあまり迷惑をかけないように」

「は……、面目ない。ノイシュ様こそ、どうぞお健(すこ)やかに。剣の鍛錬(たんれん)もお忘れになりませぬよう」

　にかっと笑った剣の師匠に頷いたところで、雨月がノイシュに告げた。

「……ノイシュ、そろそろだ」

　見れば、地平の向こうに夕陽が沈んでいくところだった。

　差し出された刀を受け取って、ノイシュは雨月の手をぎゅっと握りしめる。

　赤々とした光が闇に呑み込まれ、金色の満月が輝きを増す。

　夜が、始まる――。

「……っ」

雨月の鱗が赤く煌めき、その体が大きく膨れ上がる。ノイシュが手を離すと、そこには漆黒の竜が姿を現していた。

『……行くぞ』

「はい……！」

大きく翼を広げる雨月の背に、ノイシュは九助と共に飛び乗った。力強く羽ばたいた雨月が、上空へと舞い上がる。

「ありがとうございました！　お元気で！」

「キュキュッ」

丘の上で手を振る人々に改めてお礼を言うノイシュを乗せて、雨月はゆっくりとその場で旋回した。

そして、ぐんと高度を上げて西へと飛び立つ。

「……っ、あれ？　雨月さん、逆じゃ……？」

東に進むはずでは、と驚いたノイシュに、雨月が黄金の目を細めて唸った。

『これだけ月が明るければ、お前の目ならアーデンがよく見えるだろう。お前の故郷を一周してから行こう』

「っ、はい！」

優しい恋人の提案に、ノイシュは一も二もなく頷いた。賛成とばかりに、九助もキュッとご機嫌な声を上げる。

「行きましょう、雨月さん！」

『……ああ』

やわらかな金色に輝く満月に向かって、漆黒の竜が飛んでいく。

その影はまるで、美しく花開いた大輪の薔薇のようだった。

後書き

こんにちは、櫛野ゆいです。この度はお手に取って下さり、ありがとうございます。

今作は私にとって初めてのセンチネルバース作品となりましたが、いかがでしたでしょうか。

商業ＢＬではまだまだセンチネルバース作品が少なく、センチネルバースを読んだことがない方も多いかなと思い、シンプルかつオリジナルの薔薇の番という設定で書いてみました。複雑な要素は極力省いた上でセンチネルバースの魅力を詰め込んでみましたので、センチネルバースは初めてという方にも楽しんでいただけていたら幸いです。

さて、今回は受けのノイシュがセンチネルの王子だったのですが、私はこういう、国の命運を背負った悲劇の王子受けが大好きでして。強すぎる力に苦しみながらも、懸命に国の為、民の為に前に進もうとするノイシュは、書けば書くほど好きなキャラになりました。

攻めの雨月も大好きなタイプです。私は、運命的な繋がりのある二人は大好きだけど、運命だからとただ受け入れるのではなくきちんと向き合ってほしい、自分の生き方は自分で決めてほしいという大変面倒くさいこだわりを持っているので、今回の雨月や椿さんのような人たちを描けて大満足でした。これからは二人はどんな旅をするのかな。九助も一緒なので、きっとちょっと大変で、でもとても楽しい旅になるんじゃないかなと思います。二人ともこれからは自分の為に、自由に生きていってほしいです。

脇役も好きなキャラ揃いですが、書くのが楽しかったのはやはり九助かな。言葉は通じないのに、今なにを言われたかはっきり分かる瞬間、生き物と共に暮らしている方にはお分かりいただけるのではと思います。感情豊かな彼の鳴き声を想像するのはとても楽しかったです。

最後になりますが、お礼を。挿し絵をご担当下さった二駒レイム先生、この度はありがとうございました。美しいお顔に痣や傷があるのが好きすぎるのですが、今回は二駒先生の麗しいイラストで受け攻め両方に痣や鱗を描いていただけて眼福でした。ラフの段階からとても丁寧に描いて下さり、うっとりしておりました。

今回は進行など諸々ご迷惑をおかけしてしまった担当様も、本当にありがとうございました。ノイシュの痣をどう隠すかご相談した際、包帯でぐるぐる巻きの顔の画像ばかり検索結果に出てきて、二人で頭を抱えたのはいい思い出です。今後もよろしくお願いいたします。

最後までお読み下さった方も、ありがとうございました。一時でも楽しんでいただけたら幸いです。よろしければ是非ご感想もお聞かせ下さい。

それではまた、お目にかかれますように。

櫛野ゆい　拝

◆初出一覧◆

竜と茨の王子　　　　　　　　／書き下ろし

ビーボーイノベルズをお買い上げいただきありがとうございます。
この本を読んでのご意見・ご感想をお待ちしております。

〒162-0825 東京都新宿区神楽坂6-46
ローベル神楽坂ビル4F
株式会社リブレ内 編集部

アンケート受付中
リブレ公式サイト https://libre-inc.co.jp
TOPページの「アンケート」からお入りください。

竜と茨の王子

2023年6月20日 第1刷発行

著者――櫛野ゆい

発行者――太田歳子
発行所――株式会社リブレ
〒162-0825 東京都新宿区神楽坂6-46ローベル神楽坂ビル
営業 電話03(3235)7405 FAX 03(3235)0342
編集 電話03(3235)0317

印刷所――株式会社光邦

定価はカバーに明記してあります。
乱丁・落丁本はおとりかえいたします。

この書籍の用紙は全て日本製紙株式会社の製品を使用しております。

Printed in Japan
ISBN978-4-7997-6296-7